石田衣良
ISHIDA IRA

ドラゴン・ティアーズ
——龍《りゅう》涙《るい》

池袋ウエストゲートパークⅨ

IKEBUKURO WEST GATE PARK Ⅸ

文藝春秋

ドラゴン・ティアーズ――龍涙

――池袋ウエストゲートパークⅨ▼目次

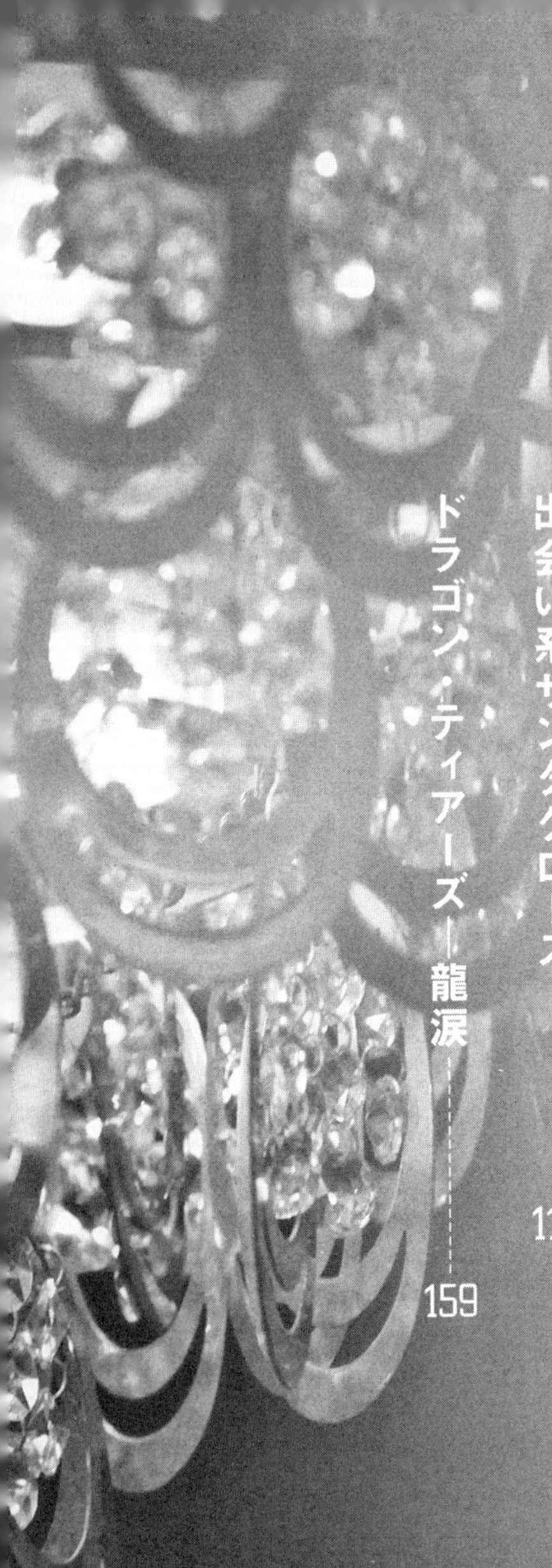

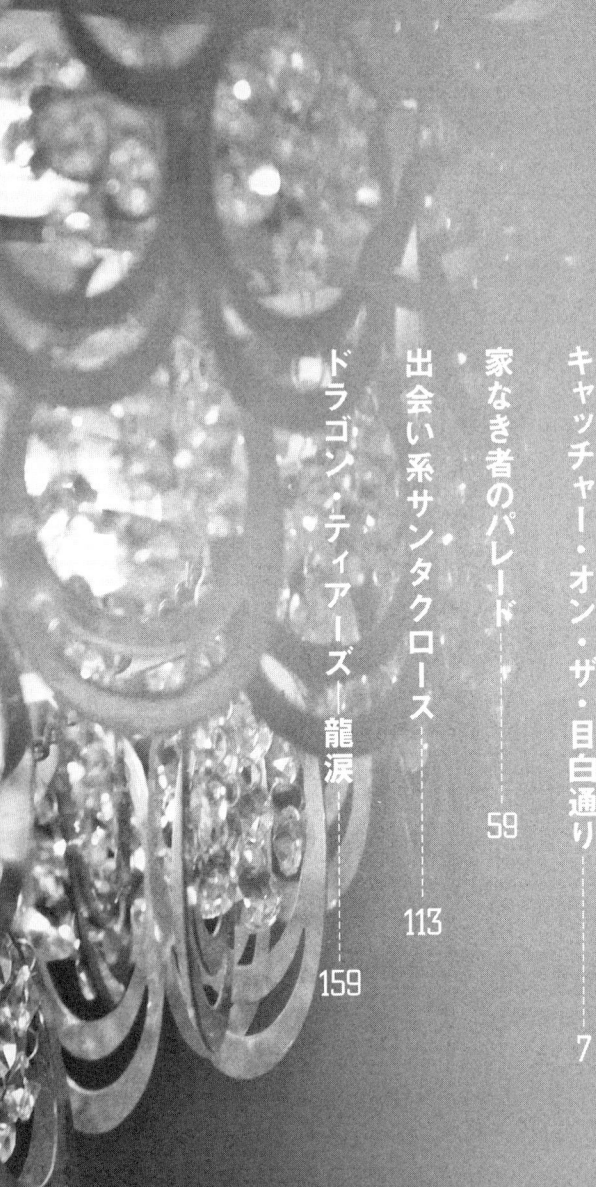

写真（カバー・目次）新津保建秀
装幀　関口聖司
イラストレーション　増田　寛

ドラゴン・ティアーズ──龍涙

池袋ウエストゲートパークⅨ

キャッチャー・オン・ザ・目白通り

あんたは女ひとりで、仕事をもち、懸命に生きている。シーズン遅れの服は着ないし、靴も上等なものをそろえている。クローゼットのなかには月給の半分をはたいた高級ブランドのバッグがいくつか、ほこりひとつつけずにぴかぴかしてる。預金通帳には平均的なＯＬの預金額が、きちんと記帳されているだろう。なに不自由ないし、とり立てて悪くないファッショナブルな暮らしだが、同時にそいつはぱっとしない淋しくも平凡な日々。

ルックスだってそこそこいけてるし、二十代の終わりを迎えてもほぼ八割くらいは、全盛期のスタイルを維持している。まあ、バストトップは二センチばかりさがったけれど、そんなことを誰が気にするだろうか。男たちに見せる機会などないのだから。

そうなのだ、問題は男たちにある。

なぜ、仕事や趣味にいそがしげな男たちは、大人の女性、とくにこの「わたし」を無視するのだろうか。ただ二十代前半だというだけで、あれほど若い女たちをちやほやするくせに。

あんたはそうして、ひとりの淋しさに耐え、仕事先の人間関係の理不尽に耐え、じりじりと若さが削られる日々に耐え、立派におしゃれな都市生活者を演じていく。だが、そんなとき、あんたのまえに素敵な王子があらわれる。通りでいきなり声をかけられたり、友人から紹介されたりする白馬の王子。人間の男の形をした請求書作成マシーンだ。やつはきちんとスーツを着こみ、とても紳士的だろう。あんたは会ったとたんにわかるんだ。この人こそ、待ち望んでいた発見者だ。あんたという誰も価値をしらないダイヤモンドの原石のな。

やつは心の鎧《よろい》を脱がすような笑顔でいうだろう。なぜ、みんな、あなたの魅力に気づかないのだろう。男たちの目はみんな節穴だ。あなたのまぶしさがわからないなんて。あんたは有頂天になる。いつも乱用していたノーという言葉が、正常な判断力とともに消えていく。王子の台詞の最後は、こんな調子。

でも、すこしだけチークがくすみ加減かな、あなたならもっと完璧になれるはずです。そのままではもったいない、うちで百点満点のビューティを目指しましょう。

あんたはふわふわと夢見心地で、契約書にサインと捺印《なついん》をすませるだろう。つぎにピラニアのように押し寄せてくるのは、美しさを売る商売人たち。けれど、あんたにはもう逆らうことができない。なにせ、この広い世界であんたのほんとうの価値を見つけてくれたのは、あのお姉言葉の王子だけなのだ。どうにも、救われない話。

なあ、おれは思うんだけど、自分の値打ちを決めるのは、結局自分だよな。人に発見されるのをぼんやり待つ人間は、最後には誰かさんのいいカモになる。それがジャングルみたいになった二十一世紀の高度消費社会のニッポンだ。

自分の値札くらい自由につければいい。売れるか売れないかの問題じゃない。あんたも東京の女なら、ガッツのない男たちにそれくらいの度胸を見せてくれ。

梅雨が明けたと思ったら、今年も東京はエコライフなんてどこ吹く風の炎熱地獄。おれは基本的にエアコンが嫌いなので、真夏だって夜は窓を開けて寝ている。だが、一年に何日かは完全に風が死に絶える日があるのだ。

うちは池袋駅まえ、西一番街のまんなかにある。そいつはコンクリートの蓄熱材に埋もれて暮らすのと変わらないってこと。果物屋の二階にあるおれの四畳半など、ほとんどチーズトーストを焼いてる最中のトースターで寝るようなもの。上下左右からじりじりとひと晩中あぶられるのだ。

そんな夜、おれは忍び足で池袋の街をうろつくことにしている。すこしは外気のほうが涼しいし、湿度だって低いからな。ガキのころとくらべると、ずいぶんときれいになったが、それでもさすがに池袋。通りを歩けば、怪しげな店がたくさんできている。最近とくに増えたのは、中国系の店だろうか。中華料理に、土産ものに、ネットカフェに、中国語版のＤＶＤショップと、やたらあちこちで目につくんだ。やっぱりこれも北京オリンピック特需なんだろうか。この街にも、ときならぬ中国ブームがきてるみたいだ。

その夜おれが歩いていたのは、池袋ではなくとなりの駅の目白だ。西口五差路を抜けて、池袋警察署のまえを（なぜだかちいさく背を丸めて）とおり、南池袋の住宅街にはいる。夜の路地には通行人はほとんどいない。ポータブルＣＤプレーヤーのなかには、とっておきのワーグナーの序曲集（いまだにｉＰｏｄには慣れないんだ）。肌をなでる夜の風と耳のなかに吹きこむストリングスが混じりあって、まるでオーケストラのなかを気ままに散歩しているような気分になる。

東京に住む人間ならわかってもらえるだろうが、池袋と目白では街の様子は百八十度違う。目白には池袋にはない高級住宅街がある。キリスト教の教会もたくさん。樹齢百年を超えるような木々は無数。おれは昔軽井沢に遊びにいったことがあるが、そのとき思ったものだ。ここはなんだか目白通りの雰囲気に似てる。なぜかしらないが、金もちというのはみな似たような感じの街に集まり、同じように暮らすものである。おれなんかにしたら、あの整いかたがキュークツでしかたないけれど。

目白駅まえの橋をわたり、小学校のまえにあるイチョウ並木を歩いていく。目白通り沿いには学習院があって、川村学園があって、公立小学校があって、緑濃い学園都市の雰囲気だ。けれど、青々したイチョウの木の陰を歩きながら、おれは背中に嫌な気配を感じていた。

なにかよくないものが、じりじりと迫ってくるあの冷たい空気。そいつを感じたら、迷わずにすぐ逃げなくちゃならない。心やさしいおれだが、意外に敵が多いのだ。ショルダーバッグのなかでこっそりＣＤをとめて、つぎの角でうしろも見ずにダッシュした。相手が誰だか確かめてるひまなんてない。そこは一車線のちいさな左折路。路地の奥に二十メートルほど駆けこんだが、なにも追ってこなかった。あたりは静かに高額な戸建ての家がならぶだけ。代わりに鳴りだしたのは、おれの携帯だった。耳元できく池袋の王様の声は、ドライアイスでできた耳かきみたいにクールだ。

「マコト、おまえはぜんぜんダメだな。さっきからあとをつけてるが、もう六回は拉致できたぞ。うしろ姿がすきだらけだ」

真夜中の鬼ごっこか。王族に余暇を与えるとロクなことがない。

「平民をいじめて、おもしろいか。趣味が悪いな、タカシ」

まあ、なにをいっても王様のガウンには傷ひとつつけることができないんだが、息が乱れているのが悔しくて、おれはそういった。

「いいから、目白通りにもどってこい。ちょっとマコトに頼みたいことがある。おまえを探していたんだ」

カチンときた。市民は王様のおもちゃじゃない。

「いいけど、今回は高いぞ。ぼったくってやる」

タカシは氷がこすれるような心地いい笑い声をあげた。

「いくらでも、ぼったくってくれ。おれは仲介するだけだからな。ギャラの交渉は勝手にするといい」

あきれた。こいつはいつもダメージの届かない王宮のなかで守られている。おれはそこでもう一度CDのスイッチをいれた。ケヤキの幹にもたれて、「タンホイザー序曲」を丸々きく。約九分間、いい曲だ。いったことのないドイツの黒い森のなかを想像してみる。それから、ゆっくりと目白通りにもどった。

理由などないけれど、王様を待たしてみたくなってね。

メルセデスのＲＶで連れていかれたのは、通りの先にある千登世橋だった。そこは目白通りと明治通りの立体交差で、ひどく眺めのいい場所。遠く新宿の高層ビル群が夜の車列のむこうに幻の都のように浮かんでいる夜景の名所だ。

空気も芳《かぐわ》しい夏の夜。ロマンチックな都心の夜景。おれのとなりには、いつものキングのすまし顔。なぜ、こういうときに肌を透かすサマードレスを着た大人の女じゃないのか理解に苦しむが、こいつは恋愛小説じゃなくて、池袋の話だからな。

「さっきの話だが、今回のクライアントはけっこう金をもってるらしい」

陸橋の欄干にもたれるタカシは、今年風のモダンなアイビールックだった。白いパイピングがついた紺のジャケット。したはひざ丈の白いショートパンツだ。金に興味のないおれは適当な返事をする。

「ああ、そう」

おれが不機嫌そうだと愉快になるのが、タカシの不思議なところだった。やつには共感能力という日本社会で生きていくために不可欠な資質がないのだ。ＫＹキング。

「マコト、おまえはブラッド宮元ってしってるか」

そんなモデルみたいな名前のやつはしらなかった。首を横に振る。するとキングが豹変した。両手で自分の頬を軽く押さえて、円を描くようにマッサージする。カウンターテナーのようなかん高い声でいった。

「ＢＭマッサージで、あなたも満点のハンドレッドビューティになりましょう」

夕食の直後でなくてよかった。もしそうだったら、おれは冷やし中華を橋のしたの明治通りにぶちまけていたことだろう。ナルトにシナチク、胡瓜《きゅうり》の千切りに錦糸卵。環境汚染だ。

「名前はしらないけど、そいつならテレビや雑誌で見たことがある。お姉キャラのエステティシャンかなんかだよな」

タカシは元のキングにもどって、涼しい顔をした。

「そうだ。クライアントは、やつが主催するハンドレッドビューティの被害者の会」

「でも、あんなにメディアにでまくってるんだから、そんなにやばい商売はしないだろ。すぐに手がうしろにまわる」

鼻で笑って、タカシはいった。

「エステ業界はグレイゾーンだそうだ。今のところブラッド宮元の被害者の会はメンバーが十七人。被害総額は……」

タカシはもったいぶるのが得意である。欄干を蹴っておれがいった。

「いいから、早くしてくれ」

にこりと笑って、キングがとっておきの数字をいった。

「六千万」

開いた口がふさがらない。果物屋の店番のおれには、天文学的な数字。タカシはジャケットのうちポケットから携帯電話を抜いた。プラダの高級品。

「どうする？　話だけでもきいてみないか。やつらのやり口はなかなか傑作だ。おまえのコラム二、三回分のネタにはなるだろう」

おれは頭のなかで計算していた。ひとりあたり三百五十万強もどうやって金をつかわせるんだろう。魔法みたいな話術やセールステクニックでもあるのか。

「わかった。話だけでもきいてみる」

キングはにやりと笑った。

「そうこなくちゃな。マコト、おまえには致命的な弱点がある。なんだか、わかるか」

金がないこと、女にやさしすぎること、子どもが相手だとむきになること、頭がシャープすぎること、音楽の趣味がよすぎること、スイートな笑顔。おれの弱点は片手じゃ足りない。キングは千登世橋を歩き去り、背中越しにいった。

「おまえは好奇心が強すぎる。どんなにやばくても、おもしろい話はきかずにはいられないだろ。そいつはおまえが思ってるより、ずっと危険なことなんだ」

自分からネタを振っておいて、勝手な王様。やつは黒い携帯にむかって、二言三言話をした。もどってくると、おれにいう。

「明日の正午、フォーシーズンズにあるイタリアンにいけ」

タカシはおれの頭からつま先まで視線を走らせた。ぼろぼろの天然ダメージジーンズに、五年は着てるラップのように薄いTシャツ。そのしたには健康的な日本男子の肉体がある。

「一流のホテルにいくんだ。ジャケットくらいは着ていけ。なかったら、おれのディオールの新作を貸してやる」

いいといった。上着くらいおれだってもっている。千登世橋のうえで、タカシとは別れた。やつはメルセデスで六本木にいき、おれは明治通りを歩いて池袋に帰った。いっとくけど、おれはヒルズとかミッドタウンとか、ぜんぜんうらやましくないからな。

つぎの日店開きをしてから、おれは西一番街をでた。ミッドナイトブルーのスーツは、オーダーメイドのゼニアだ。詐欺師のロックンローラーにプレゼントされた一張羅《いっちょうら》。おふくろは目を丸くして、盛装したおれを見つめた。

「マコト、そんな格好でどこにいくんだい。見合いでもしにいくの」

おれは胸にいれた白いチーフの形を整えた。シルクでも一枚二千円だ。このくらいなら、おれの安月給でも手が届く。

「目白のフォーシーズンズ」

敵は怪しげな目でおれを見る。

「へえ、おまえがホテルねえ」

いつものことながら、おれの身近にいる人間はみなおれに正当な評価をくだすことができないのだ。嫉妬しているのだろうか。

「うるさいんだよ。優雅にパスタをご馳走になりながら、仕事の依頼だ」

「へえ、今度はすこしはましな仕事みたいだね」

スーツを着てるだけで、そんなふうに勘違いするんだから、年寄りなんてちょろいもの。おれはタカシにされた質問を、おふくろに投げてみた。

「なあ、ブラッド宮元ってしってる？」

おふくろはエアコンの送風口のしたに立って、うなずいた。

「ああ、けっこう苦労した人みたいだよ。母ひとり子ひとりで、お母さんに楽をさせるために高校を中退して、ロスアンゼルスにわたって、むこうで最新のエステ技術を身につけてきたんだって。このまえテレビの番組で泣いてた。わたしももらい泣きしちゃった。まあ、あの性癖だと孫の顔が見られなくて、お母さんはかわいそうだけどね」

ブラッド宮元は人気のお姉キャラ。日焼けした二丁目面《づら》に、そんな過去があったのか。背景情報としては有効。

「じゃあ、いってくる」

池袋駅にむかうおれの背中におふくろがいった。

「マコト、ブラッド宮元に会ったら、サインもらってきて。それからしわとりクリームとＢＭマッサージ安くならないか、きいといとくれ」

ご近所にきかれたら、赤面するような台詞だった。

「やめろよ。そのうえ、まだ若づくりしたいのか」

おふくろが池袋西口一帯に響きわたるような声でいった。

「冗談じゃない。女がいつまでもきれいでいたいのはあたりまえだろ」

おれひとりドン引きだ。言葉もなかった。おれは尻尾《しっぽ》を巻いて、西口ロータリーにむかった。

フォーシーズンズのイタリアンの名は、「イル・テアトロ」。このホテルは椿山荘《ちんざんそう》の緑のなかにあって、窓のむこうには三重塔が見えたりする。店内は完全にヨーロピアンだから、そのミスマッチが逆にひどく高級なのだ。江戸時代の豪商の別宅というのは、こんな感じだったのかな。

ウエイターに先導されておれがむかったのは、奥の壁際のソファ席だった。毛足の長いじゅうたんなんて慣れていないから、なんだか雲のうえを歩いているみたい。店のなかのあちこちに子どもの背丈ほどの花瓶があって、花がどっさり活けてある。半円形のソファ席には三人の女が座っていた。みな二十代後半から三十代前半というところだろうか。身なりはそれぞれによかった。きれいにメイクして、高価そうな服を着て、上品な表情をしている。だが、その場にいた三人をあらわすとしたら、おれならひと言で足りる。

(惜しい!)

実にそんな感じなのだ。ほんとうの意味での美しさにも、上品さにも、センスのよさにもあと一歩届いていない。すごくがんばってるのはわかるんだけどな。なあ、神さまって残酷だろ。

「真島誠です。初めまして、話はタカシからきいてます」

三人ならんだ女のまんなかが口を開いた。アンティーク風の花柄のサマードレス。顔はやや長めだけど、三人のなかでは一番の美人だ。

「どうぞ、おかけください。お食事はコースで頼んでありますから」

おれがソファの端に腰をおろすと、女がいった。

「わたしは、谷原奈々枝。真島さんは、お食事のまえはなんにしますか」

女たちのまえには背の高いカクテルグラスがみっつならんでいる。なかには薄紫の酒。

「じゃあ、おれも同じのを」

被害者の会代表は片手を軽くあげると、ウエイターにキール・ロワイヤルを頼んだ。


届いたカクテルで乾杯して、話が始まった。なんだか、いつもとは違って高級感にあふれているので、調子が狂ってしまう。ナナエが右どなりに座る女を紹介してくれた。五年まえなら、さぞ美人だったのだろうという盛りをすぎた民放の女子アナみたいなタイプ。女って肌質によってしわのできやすい人がいるよな。彼女は目じりにも、鼻のわきにもたくさんのこじわが寄っていた。名前は西尾美智子。最後のひとりの恐ろしく目立たない女の名前は、紹介されたのだが忘れてしまった。

「ミチコさんのケースが一番典型的だから、真島さんに話してあげて」

はあっとため息をついて、暗い顔の女がテーブルのしたから、なにかとりだした。曇りガラスのボトルがいくつか。背の高いのも、低いのもある。ミチコはおずおずといった。

「このハンドレッドビューティの化粧水が一本七万円。それで、こちらのアンチエイジングクリームがひとつ十二万五千円です」

びっくりした。ふたつでほぼ二十万。おれの月収がほとんど消えてしまう。

「なんで、そんなに高いんだ」

横からナナエが口をはさんだ。

「人の胎盤《たいばん》やへその緒《お》から抽出したエキスがはいっているそうなの。ほら、赤ちゃんの肌ってすべすべでしわひとつなくて、弾力性に富んでいるでしょう」

そういわれてみたらそんな気もするが、きれいになるためなら胎盤もへその緒もつかうというのが、なんだか恐ろしい気がした。中世東欧のどこかの女王のように、いつかほんものの妊婦や赤ん坊を美の資源として利用するようにならないだろうか。妊婦の腹を裂いてな。

「こんな化粧品をたくさん買わされたのか」

ナナエが唇の片方をつりあげた。

「最後のほうはね。ほら、ミチコさん、もうはずかしがらなくていいわ。話してしまいましょう。ここにいる三人は、みんな同じようにだまされたんだから」

ミチコがうなずくと、首のしたに、幾重《いくえ》にもかけたネックレスのように円いしわが寄った。


「最初は会社の帰りに声をかけられたんです」

ミチコの声は細い。うつむき加減なせいか、ひどくききとりにくいのだ。ここが池袋ウエストゲートのマックでなくてよかった。静かなレストラン以外では取材不可能。

「場所は目白駅まえの橋のうえでした」

ＪＲのホテルがわきにできた、新しい広場だった。おれは勇気づけるようにいった。

「どんなふうに声をかけられたのかな」

ミチコは頬をかすかに赤くした。顔を伏せたままいう。

「すごく素敵ですね、どこかモデルクラブに所属しているんですかって」

うまいものだ。そんな口説きかたがあったのか。おれもいつか試してみよう。

「正直にわたしは普通のOLで、モデルクラブなんかには関係ありませんといいました」

なんだか、おれもミチコから目をそむけたくなってきた。そのあとの展開がなんとなく想像がついたからだ。池袋はキャッチセールスの天国だからな。なぜ、資本主義の世界では人は肉食獣と草食獣にきれいに分かれてしまうのだろうか。残酷でバカらしい世のなか。


男はミチコと同世代で、モード系の細身のスーツと棒のように細いタイをしていたという。髪も黒髪できちんと櫛《くし》がはいり、崩れた印象はなかった。ちょうどいい感じに日焼けしていて、口調は女性的だが、とてもやさしい。

やつは軽く手をたたいて、Oの字に口を開きいったという。

「まあ、うれしい。あなたみたいな人が残っていて、ほんとによかった。だったら、うちの事務所で仕事をしましょうよ。あなたなら、モデルの仕事が絶対できるから」

まだ夜までは間がある明るい灯ともしごろ、ミチコはふらふらと目白駅まえのカフェについていった。カプチーノがふたつ。女性のファッション誌では最近読者モデルが流行っていて、男の事務所はそこに「美人すぎなくて、同性から親しまれて、でもよく見ると実際にはとってもかわいい、しっかり生活感のある大人の女性」を派遣しているという。うーん、複雑。

すべての条件にミチコはぴったりだと、男はほめちぎった。それから読者モデルでスタートして有名になったタレントの名前を数々ならべてみせた。まあ、実際にそんなのも何人かはいるからな。

　ミチコは舞いあがった。そこでようやく男は自己紹介をした。城和重。男の名刺には、あのブラッド宮元の顔写真がついて、ハンドレッドビューティのロゴもはいっている。なんだか信用できそうだ。なにせ代表はテレビにでている人なのだ。おかしなことはしないだろう。カフェをでると、カズシゲが小型のＢＭＷをまわしてくれた。底光りする黒の３２５ｉ。そのまま目白にある事務所へＧＯだ。

　事務所は大理石の車寄せがついてるような高級マンションの一室だった。簡単な書類に記入すると、すぐにカメラテストが始まった。床も壁も天井も真っ白な部屋に連れていかれ、プロフィール用の写真を撮られたのだ。デジタルの一眼レフをつかい、照明もきちんとあてられた本格的な撮影だ。スタジオでプロに撮られたのは初めてだったので、ミチコはひどくたのしかったという。


「ふーん、それは誰だって舞いあがるよな」

　おれたちが生きてる時代は、誰もが自分を発見してもらいたいと願う時代だ。ほんとうのわたしらしさ、才能や魅力や美しさ。そいつを誰かに見つけてもらって、全面的に肯定してもらいたい。みんなそのままでいいと甘く抱き締めてほしいのだ。こいつはなにも女だけでなく、男だって変わらない。その証拠に男には男むけのキャッチセールスが無数にある。

　ミチコは顔をあげると、唇をかんだ。

「撮影が終わると、ジョーさんがいいました。この写真は出版社や代理店にまわすための宣材にする。作成料が十八万円かかるけど、あなたならだいじょうぶ。休みの日にモデルの仕事をふたつもこなせば、すぐにペイできるから、と」

　だんだんと救われない話になってきた。ソラマメの冷製スープがでてくる。こんなときでも季節ものは、やはりうまかった。

「だけど、それだけじゃとまらなかったんだろう」

　ミチコがうなずいた。となりからナナエが口をはさんだ。

「エステのほうに誘導するのが、モデル詐欺の手口なの」

「なるほどな」

　カモを見つけた肉食獣が最初のひと口で満足するはずがないのだ。ミチコはあっという間にスープをのみほしてしまう。きちんとナプキンで口をぬぐうといった。

「ジョーさんが、わたしの頬を指でふれていったんです。とってもきれいな肌、でもほんのすこしくすんでいるかなあ。ねえ、せっかくだから、うちのブラッド先生を紹介してあげましょうか。天才だから、肌のくすみやしわなんか一発でとれちゃうよ」

　ジョーという男が、おれのおふくろに声をかけなくてよかった。運が悪ければ、うちの店の権利書も、あの天才エステティシャンのものになっていたかもしれない。

「わたしがバカだったんです。有名人の話をきいて、興奮しちゃったから。あとはハンドレッドビューティで、瘦身、脱毛、フェイシャルとすべてのコースを試してしまった。化粧品やサプリもたくさん買いました。あの貯金は、がんばって貯めた結婚資金だったのに」

目がうっすらと涙ぐんでいる。ナナエが肩に手をおいて、こちらを見た。おれはききにくいことをきいた。

「そのさ、どれくらいハンドレッドビューティにぼられたんだ」

ミチコはゴールドのシャネルのバッグからハンカチをだして、目の縁から吸いとるように涙をぬぐった。はあとため息をついてからいう。

「六百万円とすこし」

「はあっ……」

おれもため息を返してしまった。バカな女だといってしまえばそれまでだが、この社会では誰だって、いつだまされるかわからない。政治家の公約を信じて投票する有権者を見るといい。

「社会人になってから八年、ずっと貯金してきたお金です。うちは父を早くなくしているから、結婚式で親には頼れない。そう覚悟して貯めてきたのに、全部なくしてしまった」

おれはおやじに死なれているせいもあって、この手の話に弱かった。

「それで、あんたにモデルの仕事はあったのか」

ミチコは首を横に振った。

「肌のくすみとかは、治ったのか」

またも横振り。

「ダイエットとか、しわとりとかは」

今度は三人そろって、首を振る。なんだか定時に合奏するからくり時計みたいだ。

「そいつは弱ったな」

それがおれの本音だった。なにせエステサロンを相手に、男のおれがどうやって闘えばいいのか、まるでわからないんだ。


昼のコースでも食事はけっこうなボリュームだった。アスパラガスのリゾットに、焼目のついた牛フィレのグリル。おれたちは、しばらく食事に専念した。それ以上、ブラッド宮元とハンドレッドビューティの話をしたら、せっかくの豪華イタリアンがまずくなるからな。話が再開したのは、ドルチェのマンゴーのソルベになってからだ。

うなずくだけでずっと黙っていた最後のミス平凡が、かちりとスプーンをガラスの器にもどすといった。

「ブラッド宮元を殺してやりたい」

おとなしそうな顔をしている女は、まず例外なく凶暴である。これはおれが発見した定理だから、あんたも好きなところでつかっていいよ。おれは三人目をスルーして、ナナエにきいた。

「だけど、あんたたちも被害者の会をつくってるくらいだから、法的な手段に訴えるつもりなんだろ」

とがったあごの先を沈めて、被害者の会代表は浮かない顔をした。

「そうなんだけどね、今日は午前中に弁護士の先生と話をしてきたの」

それならおれのでる幕はなくなるだろう。ラッキーと思っていると、意外な返事がもどってきた。

「訴訟を起こすことはできるけど、エステ関係ではもうたくさんの判例があって、全額返金させることはむずかしいんですって。こちらも一応サービスは受けているし、自分から契約書にサインをしているので」

おれはどこかの週刊誌で読んだなけなしの消費者問題の知識を探った。

「そういえば、クーリングオフとかいう制度があったよな。あれはサインしてから一週間だったっけ、契約解除ができるんだろ」

「八日間」と代表。

するとミチコが口を開いた。

「わたしもおしまいのほうは不安に思って、クーリングオフの期間にジョーさんに電話してみたんです。そうしたら、海外に出張にいっていていないっていわれて。会社のほうでは個々の客の情報がわからない。どうしようもありません。それでうやむやにされてしまったんです」

キャッチセールスによくある不誠実な対応というやつだ。

「弁護士の先生がいうには、訴訟を起こしても長い時間がかかるし、返ってくる金額はとても満足のいくものにはならない。弁護費用もばかにならないという話だったの。マスコミ関係にも接触して、アピールはしてるんだけど」

　ミス平凡がまたぽつりと漏らした。

「ブラッド宮元を刺してやりたい」

　おれはまたも凶暴な女を無視した。

「だったら、おれになにをさせたいんだ。おれには警察みたいな捜査力もないし、弁護士みたいに金をむしることもできない。悪いけど、あんたたちのトラブルにはなにもできないよ」

　これで交渉決裂だろうか。おれはエスプレッソをのみながら、今日のランチの代金は自分で払わなくちゃいけないなと考えていた。おれの一週間分の昼食代が空しく消えていく。


「待ってください、真島さん」

　すがるような目でおれを見て、ナナエがテーブルに頭をさげた。それを見て、ミチコも頭をさげる。残るミス平凡は口のなかでぶつぶついうだけで、まっすぐにおれをにらんでいた。

「このままでは、今日にもわたしたちと同じような被害者が生まれることになる。ブラッド宮元はテレビのなかで冗談をいい続けるだろうし、被害者のなかで絶望した人が自ら命を絶つかもしれない」

　悪が軽やかに栄え、正義は重苦しく沈んでいく。そいつは二十一世紀的には、ありふれた話。ナナエの目が光っていた。人の顔は表情によって変わる。イマイチだと思っていた女が、必死になると美人に見えてきたりするんだから不思議だ。

「お願い、真島さん。あの男のほんとうの顔を、みんなにしらせてほしいの。宮元が裏でどんな犯罪をやっているか、暴いてください」

　お姉キャラの極悪人の化けの皮をはがす。なんだか、とても池袋的な展開になってきた。それならなにかできることが、おれにもあるかもしれない。

「わかった。うまくいくかどうか保証はできないけど、やってみるよ」

　ナナエが上目づかいで心配そうにいった。

「報酬はどれくらいになるんでしょうか」

　おれはタカシとの冗談を思いだした。ぼったくり。だが、なぜかおれには金のことになると潔癖症になる癖があるのだ。おれはホテルのレストランの白い漆喰《しっくい》壁と毛足の長いじゅうたんに目をやった。窓のむこうには、三重塔と初夏の緑。

「今日ごちそうになったから、ギャラはいいや。あとでかかった経費だけ、請求するよ。まあ、おれの場合、ぜんぜん金はかかんないと思うけど」

　ナナエとミチコが手をたたいてよろこんでいると、ミス平凡がぽつりといった。

「ブラッド宮元を潰したい」

　おれはエスプレッソの最後のひと口をのんで返事をした。

「はいはい」


　携帯電話の番号とメールアドレスを交換して、おれたちはホテルのロビーで別れた。そのまま目白通りをぶらぶらと駅にむかう。仕事を引き受けたのはいいが、おれにはなにもアイディアなどなかった。やけに強い日ざしのなか、気の早いセミがイチョウ並木で鳴いているだけ。いつも仕事をうけるときは、こんなものだった。あとで好きなCDでもかけながら、じっくりと店番のあいだに考えればいい。おれは低学歴低年収、格差の底のほうで生きてるが、自分の頭で考える時間だけはたっぷりとあった。

だが、そのまえにミチコがキャッチされたという、目白駅まえの広場を見ておくことにした。帰り道の途中だから、別に遠いわけでもないしな。そこで、おれはハンドレッドビューティのやり口をじかに目撃することになったのだ。

まあ、被害者もつらいけど、キャッチする側だって下っ端はつらいってこと。

目白の駅舎は三角屋根で、とがった部分にはステンドグラスがはめこまれている。池袋とは大違いのメルヘン風だ。山手線や埼京線をまたぐ陸橋のうえが広場になっていて、いつもたくさんの学生がいきかっている。

おれはぼんやりビジネスホテルの花壇に腰かけた。遠く広場の中央に立つ街灯のしたにスーツ姿の男たちが四人ばかり集合していた。全員ダークスーツだが、やはりどこか堅気のサラリーマンとは違う水っぽい着こなし。みなよく日焼けしている。それもスポーツで焼けたというより、機械で無理して均等に焼いたフラットな感じ。

年長の男が短い挨拶をすると、四人は散らばって、改札からでてくる女たちにつぎつぎと声をかけ始めた。まったく相手は選んでいないようだった。ほとんどの場合あっさりと無視されるのだが、なかには立ちどまって話をきいてくれるカモもいる。すると男たちはみな両手を胸のまえで組んで、女らしいジェスチャーをまじえて必死に口説き始めるのだ。一対一にもちこめるようだと、すぐに援軍がやってくる。ふたりがかりでほめあげられた女は、駅前広場で頬を赤くしている。もう落ちるのは時間の問題だ。被害者の会の予備軍一丁あがり。キャッチの現場は黙って観察していると、なかなか興味深かった。

　小一時間ほど眺めていると、動きがあった。カフェに連行していこうとしていた女がいきなり怒りだして、キャッチの男をおきざりにして改札に駆けこんでしまったのだ。若い男がなにか女が傷つくようなことをいったのかもしれない。

「おまえ、なにやってんだ」

　先ほどまでジェスチャーゲームのようにくるくると指先を動かしていた男の声とは思えなかった。リーダー格の男が若いキャッチの頬を、いきなり平手でなぐりつけたのである。顔を張られた男は直立不動で叫んだ。

「申し訳ありません。気合いれてくださって、ありがとうございます」

　百点満点の美の館は、どうやらたいへんな体育会系のようだった。

　男たちはまたカモを探す声かけ業務にもどった。おれは日陰の花壇から立ちあがり、先ほど頬をたたかれた若いガキのほうに近づいていった。夕方が近づいて、改札からでてくる人の数がだいぶ増えていた。背後からそっと声をかける。

「たいへんでしたね」

振りむいた顔に笑いはなかった。男に用はないのだろう。にらみつけるようにおれの格好を確かめる。おれは軽く頭をさげた。

「すいません。さっきから見てたんですけど、そっちの仕事はどうですか。ちゃんと歩合はもらえるんでしょうか」

日焼けしたガキはおれがなにをいっているのか、わからないようだった。

「あの、おれ、今飛びこみの営業やらされてるんですけど、どんなにがんばってもぜんぜん給料あがんないんです。歩合じゃないもんで。仕事辞めようかなって悩んでいたもんですから」

ガキはおれから目をそらし、改札を抜ける人波に目をやった。獲物を探す視線だ。

「歩合はつくけど、こっちの仕事も楽じゃねえよ。うえのいうことには絶対服従だし、はたかれても文句もいえねえしな」

おれは金にしか関心のない間抜けの振りをした。

「でも、歩合制ですよね。いいなあ」

ガキは仕事の邪魔をされていらついたようだった。

「うるせえな、むこういけ。うちはネットでリクルートしてるから、ブラッド宮元のハンドレッドビューティのサイトでも、勝手にのぞけ。いっとくけど、こっちだって人のいれ替わりは激しいからな」

おれは頭をさげてから、直立不動でいった。

「はい。ありがとうございました、先輩」

かわいそうなこのガキから、いいアイディアをもらったのだ。おれの礼の気もちには混じりけはなかった。


夕方のラッシュが始まった山手線にはのる気になれなかった。そのまま線路沿いに歩いて池袋に帰った。西日を浴びて、そんな道を歩いていると、小学生のころを思いだした。家に帰りたくなくて、ずっとどこまでも線路のわき道をとぼとぼ歩いていく。あれは心のどこかがやぶけるように切ない気もちだった。人間は大人になってもたいして変わらないのだと思った。クラスのなかの友人関係で悩んでいたのが、悪質なキャッチ対策で悩むようになるだけである。進歩ゼロのさして意味ない悩み。

もうすぐ芸術劇場というところで、おれの携帯が鳴った。

「よう、マコトか」

夏の夕日などどこ吹く風のタカシの冷たい声だった。

「面接は無事すんだようだな。仕事もうけることに決まったんだってな」

被害者の会から連絡がはいったのだろう。タカシは笑いをふくんだ声でいう。

「今回はぼったくってやるんじゃなかったのか」

嫌味な王様。

「ふざけんなよ。結婚資金を空っぽにされた女から、金なんか受けとれないだろ」

雪が積もるようにキングは静かに笑った。

「策はあるのか」

「もちろん」

おれは目白駅の広場で浮かんだばかりのアイディアを話してやった。タカシは携帯のむこうで、高原の風のように乾いた笑い声をあげる。

「おもしろいな、おまえが潜入キャッチマンになるのか。マコトなら口がうまいから、けっこう稼げるかもしれないな」

まったく多彩な才能があって困ってしまう。なぜ、おれの年収は二百万円台なのだろうか。するとタカシが信じられないことをいった。

「面接はいつだ」

「面接？　まだサイトものぞいてないし、連絡もとってない。わかるわけないだろ」

「だったら、さっさと手配しろ。こっちにも動かせない予定がたくさんあるからな」

どういう意味だろうか。西口五差路が近づいてきた。マルイのまえでは恋人たちが今日もたくさん待ちあわせしている。おれは間の抜けたことをいった。

「タカシがおれの面接のつきそいにでもくるのか」

ふうと電話のむこうで王様がため息をついた。

「わからないやつだな。おれもその面接を受けるといってるんだ」

王はいつもアルカイックな様子で冗談をいう。おれにはタカシが本気なのかどうか、まるでわからなかった。

「池袋のキングがキャッチをやるのか……」

いまいましげにタカシがいった。

「今日はあちこちのチームから請願を受ける日でな。Gガールズからブラッド宮元のところの苦情があがったんだ。一千万単位で被害がでたんじゃ、Gボーイズとしても黙っていられないだろ」

今度大笑いするのは、おれのほうだった。マルイまえの若い女たちがおかしな顔をして、おれを見た。

「そいつは傑作だな。タカシとおれがチームを組んだら、日本一のキャッチになれるかもしれない」

タカシは負けていなかった。アイスクールな返事が瞬時にもどってくる。

「違いない。おれのルックスとおまえの減らず口のコンビなら、最強だな。面接が決まったら、電話しろ」

王様は不機嫌に電話を切った。おれの得点がワンポイント。


その夜は店先のCDラジカセでプロコフィエフの『ロメオとジュリエット』をかけた。シェークスピアの流麗なロマンスというより、現代の神経症的な恋人たちを描いたバレエ音楽だ。「騎士たちの踊り」という楽章が、携帯電話のコマーシャルにつかわれてるから、きっとあんたもきいたら、すぐにわかると思う。陰鬱《いんうつ》で、皮肉なダンスミュージックだ。

そのあいだおふくろは、ブラッド宮元がレギュラー出演するＭＣ全員がお姉キャラの番組を見ていた。笑い声がたくさん足してあるつくられたコメディ。ブラッドは目のしたのこじわをとるマッサージを、若くてしわなどないモデルに施していた。

「それ、それ、それー、満点ビューティのできあがりー」

スタジオではおおいに盛りあがっているようだ。おれは頬を打たれて直立不動で礼をいったガキのことを思いだしていた。世のなかには実にいろいろな商売がある。

その夜は店じまいしてから、ネットでハンドレッドビューティのサイトをのぞいた。扉のページは、歯だけがプラスチックのように純白なブラッド宮元のにやけた日焼け顔のアップ。なにも映さないガラス球みたいな目をしている。ページのほとんどは、エステや化粧品の案内だったが、モニタの隅に契約社員急募のバナーが点滅していた。

ワンクリックで求人案内を見る。最初の一行で声をあげて笑ってしまった。

「来たれ！　容姿端麗、野心満々のビューティ男子」

なんだか、タカシとおれにぴったりみたいだ。


メールのやりとりと電話で、面接は二日後に決まった。場所は目白にあるハンドレッドビューティ本部。時間は午前十時から。スーツとネクタイ着用だそうだ。おれは池袋のキングに連絡をいれて、その日を待った。

せっかくだから、ＢＭマッサージをして肌の調子を整えながらね。『ロメオとジュリエット』

はフェイシャルケアにはぴったりの音楽だった。だが、おれは考えていたのだ。おれとタカシが組むだけでは、今回は十分ではない。ブラッド宮元はメディアの力をうまく利用している。おれたちの側にも、その力が必要だった。

あの男の裏の顔を日本中に公開しなければならないのだ。池袋のキングだけでは地域が限られていて、十分じゃない。けれど、おれはただの果物屋の店番で、テレビ局のディレクターにしりあいなどいなかった。

さて、どうする、おれ？

面接日は朝から快晴。おれはタカシと目白駅のまえで待ちあわせして、約束の時間にハンドレッドビューティを訪問した。粗く削った褐色の砂岩が張られた低層の高級マンションの一階二階が改装されて、エステと事務所になっている。うえにある事務所に顔をだすと、受付にいた日焼け男にミーティングルームにいけとあごをしゃくられた。カーペットの敷きこまれた廊下を歩きながら、タカシが低い声でいった。

「対応がぜんぜんなってないな。ここの組織はまるでダメだ」

ミーティングルームは四十畳ほどの広さがあるだろうか。四隅にオーガスタのでかい鉢植えがおいてあった。中央には直立不動のキャッチが三十人ばかり。最後尾にはこのまえおれにサイトを教えてくれたガキがいた。おれに気づくと、やつがいった。

「これから朝礼だ。壁際に立ってろ。しゃべったり、身動きすると、はたかれるぞ」

おっかない。おれとタカシは両手をまえで組んで、壁を背にした。奥のドアが開いて、野太い声で号令がきこえる。

「気をつけ、グッドモーニング、サー」

「グッドモーニング、サー」

どこが美を売るサロンなのだろうか、新兵訓練キャンプみたいだ。一段高いステージにゆっくりとブラッド宮元があがった。白いスーツに黒い顔。

「先週の数字は、目標の九〇パーセントに届かなかった。わたしはたいへん残念だ」

テレビでのお姉キャラとはまるで違う重々しい声。やはり営業オカマか、こいつ。

「わたしをがっかりさせるな。いいか、来週はなにがなんでもカモをつかんでこい。わかったな」

男たちの必死の返事が部屋を満たした。

「イエス、ブラッド」

いかれてる。宮元は手元のメモに目を落とした。

「ジェレミー、サイモン、レオ、まえに。おまえたちが今週のベストスリーだ」

ダークスーツのキャッチが三人、壇上にあがった。ボスのまえで棒のようにまっすぐに立つ。宮元は三人を順番にハグした。『ゴッドファーザー』の見すぎである。それから男たちにかなりの厚さの封筒を手わたした。あいつが好成績の報奨なのだろうか。腕がよければ、かなりの稼ぎが期待できそうだ。

「イアン、ジェフ、アクセル、まえに」

アクセルと呼ばれたとき、あのガキが文字通り直立不動のまま、その場でちいさくジャンプした。かすかに震えている。つぎの三人がステージにあがると、ブラッド宮元はゆっくりと黒い革手袋を右手にはめた。こぶしの部分にクッションのはいった総合格闘技用のグローブだった。

「おまえたちの数字は、先週はゼロだ。情けない。わたしが気合を注入してやる。いいか、なぐるほうも痛いんだぞ、感謝しろ」

　最初がアクセルというガキだった。ブラッド宮元はまず左手で軽く頬をたたいた。注意をそらしておいて、がら空きになった反対側のわき腹に重い右のフックを突き刺す。アクセルはひざをついたまましばらく起きあがれなかった。腹を押さえている。ブラッドはうめいているガキの頭をやさしくなでた。タカシが感心したように漏らした。

「あれはかなり人をなぐり慣れてるな」

　打撃音と抑えたうめき声が二度ずつ続いた。男たちは腹に手をあてたまま、深々と頭をさげた。

「ありがとうございました、ボス」

　なるほど、これでは歩合制とはいえ楽ではないはずだった。そのとき、壇上のボスの視線がおれたちのほうにむいた。手招きされる。まったく気はすすまなかったが、おれはしぶしぶ前方のステージにむかった。


　タカシとおれは両手をうしろで重ねて、ブラッド宮元のまえに立った。

「おまえたちが新いりか」

まだ事務所にきて、誰ともきちんと話をしていなかった。採用試験とか、身元の確認とかしないのだろうか。ボスはおれとタカシを見くらべ、全身をなめまわすように観察した。おれはこのまえと同じネイビーのゼニア。タカシはブルックスブラザーズの新ライン、ブラックフリースだ。チャコールグレイのかっちりしたアイビースーツ。おれのは正統的なクラシコ・イタリアだ。やつはタカシにいった。

「よし、おまえは今日からリバーだ」

タカシは役者だった。敬礼していう。

「イエス、サー」

つぎに宮元はおれのほうを素っ気なく見た。

「おまえは……そうだな、コリンでいいか」

ブラッド宮元がハリウッド映画好きなのがよくわかった。だが、なぜタカシがリバー・フェニックスで、おれがコリン・ファレルなのだろうか。まったく納得がいかない。あのサル顔はどう考えても、氷高組の本部長代行サルのほうがお似あいだ。おれはやけになって叫んだ。

「イエス、ブラッド」

二枚目半は声のでかさで負けていられないからな。

朝礼のあとで、おれたちは研修室に連れていかれた。案内してくれたのはアクセルだった。おれは廊下の先をいくガキに声をかけた。

「けっこう厳しいみたいですね、アクセルさん」

ガキは青い顔をして振り返った。

「数字をあげなきゃ、来週からはおまえたちの番だ」

研修室は殺風景な小部屋で、液晶テレビとＤＶＤプレーヤーがおいてあるだけだった。アクセルがディスクをセットしていった。

「午前中はこのビデオを見ておけ。うちのエステの基本的なサービスと商品が説明してある」

タカシがまた敬礼した。

「イエス、アクセル」

「ボスがいないところでは、そういうのやめろよ。気もち悪いだろ、なにがアクセルだ。おれにはちゃんと篤人って日本人の名前がある。じゃあな」

それから残る午前の九十分はインチキエステの業務用ビデオの鑑賞会になった。タカシはいう。

「さっきの朝礼のシーンだけでも世のなかに流せば、それでブラッド宮元のイメージは崩壊するな」

そのブラッドが画面のなかでは、猫なで声で自分で発明したというＢＭマッサージについて説明していた。営業オカマもここまでできればたいしたものだ。

「だけどどうやって、あんな絵を撮るんだ。朝礼にはこの会社のやつが三十人もいるんだぞ」

キングは落ち着いたものだった。涼しい顔でいう。

「このマッサージほんとにきくのかな。考えるのは、そっちの仕事だろ。働け、コリン」

王様を一発なぐったら、ほんとに胸がすくんだがな。忠実なる臣民はつらい。

おれとタカシは初日から路上に立たされた。目白駅まえの広場である。猛暑日にはすこし足りない七月の午後だ。おれはすぐに汗だくになったが、スーツの上着を脱ぐことは許されていなかった。

ぽたぽたと汗を額から落としながら、駅前をいく女たちに声をかける。さぞかし不気味なことだったろう。すまない、高級住宅街の女性たち。おれのほうは午後の六時間で、立ちどまってくれたのはふたりだけだった。そのふたりも、エステの話をしたとたんにアウト。問答無用でいってしまう。

タカシはやはりキャッチをしてもキングだった。つぎつぎと声をかけ、そのほとんどでうまくいってしまうのだ。ほんの五分も立ち話をしただけで、女たちは頬を赤くして、携帯の番号とアドレスをおいていく。ハンドレッドビューティのキャッチの場合、その場で撮影会にもちこまなくてもかまわないのだった。連絡先をきいておいて、後日ゆっくりと口説き落とす方法を、やつらは「ツバメ返し」と呼んで重宝しているようだ。

その日の午後の戦果は、タカシがカモの連絡先十四本、おれがゼロ。

キャッチにも歴然と才能の差があるのだった。やっぱり神さまは不公平。

くたくたに疲れた帰り道、おれとタカシは池袋メトロポリタンホテルのバーに寄った。どこで

もいい、冷房がキンキンにきいている店で一杯やりたかったのだ。タカシもさすがに疲れているようだった。頬の線が一段とシャープになっている。カウンターのうえには命の水、生ビールがふたつ。

「女たちからアドレスをきくのはなんでもないが、一日炎天下の立ち仕事はきついな」

王様はビールをひと息で半分空けると、おれのほうをむいた。

「そういえば、いいアイディアは浮かんだか」

浮かぶはずがなかった。女たちに声をかけるだけで、神経をすり減らしていたのだから。おれにとっては炎天下より、そちらのほうが大問題。なにせナンパには慣れていないのだ。

「なあ、どうやったら、あんなふうに携番とかアドレスとかききだせるんだ」

タカシはじっとおれを見ると、笑い声をあげた。

「おまえは自分がどう見られるかとか、いい人間に見せようとか余計なことを意識していないか。相手のことより先に自分のことを考えていたら、うまくいくものもうまくいかないさ。おれは自分などどうでもいいし、女の連絡先もどうでもいい。ただ相手の反応に集中してるだけだ」

リバーとコリンのルックス上の問題はおいておくが、やはり目のつけどころが違うのだろう。おれはぼやいた。

「このままじゃあ、つぎの朝礼でブラッド宮元にやられるのは、間違いなくおれだな」

笑い声が返ってくると思ってタカシを見ると、やつはじっと見つめ返してきた。まじめな顔をしていった。

「そいつがいいかもしれない。おまえはブラッドになぐられる。おれは表彰を受けて、ステージの近くから、そいつをシューティングする」

悪くないアイディアだった。タカシはにやりと笑っておれにいった。

「おれたちのしりあいで、一番盗撮が上手いのは誰だ」

正解ならいうまでもなくわかっていた。もう何度も危ない橋をいっしょにわたった経験豊富なガキがいる。

「江古田のラジオ」

キングがうなずいて、残りのビールを空けた。

「すぐに連絡をとれ。撮影のチャンスは一回しかない。つぎの朝礼だ。おれはそれ以上立ちん坊でキャッチはやらないぞ。オカマ声でリバーなんて呼ばれるのも腹が立つ」

「イエス、サー、リバー」

おれがそういうとタカシは露骨に嫌な顔をした。考えるのはおれの役だったはずなのに、今回はタカシに完敗である。この話の主役をやつに譲って、もう引退しようかな。


表札を見てようやく思いだした。ラジオの名前は波多野秀樹。マッシュルームカットの電波オタクである。ラジオの部屋はあい変らずの電子機器の山。業務用ラックのなかには、計測器やパソコンや映像機器がデジタルの地層のように天井まで積みあげられている。おれは敵地のただなかで盗撮をするという今回の仕事の条件を話した。やつは前髪をかきあげるといった。

「その映像にはどのくらいのクオリティが必要なの」

撮影時の危機的状況については関心がないらしい。撮るほうの身になってくれ。

「わからない。まだその映像をどうつかうか、決めてないんだ」

「今は地上波デジタル放送だから、大型のハイビジョンテレビで見られるくらいの画質ということになると、機材とか照明とか問題がいろいろでてくるんだ」

おれはブラッド宮元のお上品なスマイルを思いだした。

「別に鮮明である必要はないよ。映っているのが誰で、そいつがどんなことをしているか。それがわかればいいんだ」

ラジオは気にいらないようだった。パソコンデスクのまえで、両手を頭のうしろで組んだ。残念そうにいう。

「そうか、テレビとかで流さないんだ」

テレビになどコネはなかった。おれたちは池袋の街の底で生きているんだ。ぶつぶつと口のなかでなにかいっていたラジオがぽろりと漏らした。

「だったら、動画系の投稿サイトかな。ユーチューブとか、ニコニコ動画とか。あれなら別に高画質でなくてもだいじょうぶだけど」

おれは思わず手をたたいた。完全に忘れていたのだ。ブラッド宮元にスポンサーつきのテレビ番組があるなら、無名のおれたちには完全に無料の動画サイトがある。あのお姉キャラのカリスマエステティシャンが、これ以上なく男らしく部下をなぐりつけるムービーなら、とんでもないアクセス数を記録することだろう。いまや動画だって誰にでも平等に開かれているのだ。テクノロジーバンザイ。メディアの民主化バンザイ。

「そのアイディアいただきだ。日本にある動画サイトのすべてに、ブラッド宮元の正体を投稿する。ラジオはそのための機材一式を用意して、タカシとおれに操作方法を教えてくれ。決行は一週間後、つぎの朝礼だ」

ラジオはまんざらでもないようだった。根っからハイテクのいたずらが好きなのだろう。

「いいね、腕が鳴るよ。ところでその映像だけど、2カメでシューティングして、ぼくが編集して音楽つけてもいいかな」

笑ってしまった。こいつは映像加工オタクでもある。おれは上機嫌でいった。

「いいよ。ただし音楽はプロコフィエフの『ロメオとジュリエット』にしてくれ」

今回はすべて人からいただきのアイディアで最後までいきそうなのだ。音楽くらいおれの趣味を生かしてもらってもかまわないだろ。

つぎの日もまた目白駅のまえに立った。アクセルのガキもいっしょだ。チームリーダーはミチコをはめたジョーである。がっかりしたのは、アクセルもジョーも一日でタカシに一目おいていたことである。アクセルはタカシだけ「リバーさん」とさんづけで呼び、おれはただの「コリン」のままだった。まあ、ツバメ返しの連絡先の数は、営業成績に組みこまれているから、それもしかたないのかもしれない。要するにタカシはエステ詐欺のキャッチのゴールデンルーキーなのだ。

おれは最低の成績を収めるために、せっせと女たちに声をかけ、逃げられていた。さすがに二日目になると声かけにも慣れてしまい、うっかり女たちが連絡先を教えようとすることもあった。そんなときには心を鬼にして、気のいい女たちを放流するのだった。ハンドレッドビューティの被害者を、これ以上増やすわけにはいかないからな。

二日目をなんとか終えて、おれは西一番街のうちに帰った。スーツを着たまま、布団に倒れこむ。風呂にはいるまえに体重計にのったが、ちょうど三キロ減っていた。

こうなったら、キャッチダイエットの本でも書こうかな。

どんな本が売れるか、誰にも読めない時代だ。もしかしたらミリオンセラーになるかもしれない。

それからの数日は問題もなくすぎた。途中から曇りの日が続いて、暑さも一段落したのがなによりおおきかった。気温が五度もさがるだけで、屋外の仕事は格段に楽になる。タカシはイチローの打率のようにざくざくと女たちの連絡先を集め、おれはしぶとくヒット数ゼロを死守した。案外そいつもたいへんな仕事なんだが、誰も評価はしてくれなかった。

変わったことといえば、おれたちのあとに新いりがやってきた話。やつはおれの顔を見ると一瞬おかしな表情をしたが、高田馬場の駅前で張るチームといっしょにミーティングルームをでていってしまった。タカシのほうには無反応だった。こちらはルーサーとかいうガキに面識はない。タカシは目白駅にむかう途中で、渋い顔をしていた。

「ああいうのは妙に気になるものだな。あのルーサーとかいうやつにプレッシャーでもかけておくか」

おれもタカシも池袋のストリートの裏側では有名人である。面が割れる可能性は否定できなかった。だが、おれはキングを制した。

「やめておけ。朝礼まであと二日だ。もう面倒は起こさないほうがいい」

「そうかな」

タカシがそっぽをむいたので、表情が読めなかった。おれのミスだ。撮影を控えて、慎重になりすぎていたのだ。あのガキはそのまま拉致して、どこか山のなかに二日ばかり縛って放りだしておいたほうが正解だった。失敗の連続は人から正常な判断力を奪う。おれももうすこし女たちをまじめに口説けばよかった。


夜は何度か、被害者の会の代表に報告をした。ナナエは動画サイトの話をすると、おおよろこびしていた。さすがにその手は気づかなかったという。

「あれから、あるテレビ局の報道の人と会ったんです」

「それ、どこの局」

ナナエはブラッド宮元の番組を放映中のチャンネルのライバル局の名をあげた。

「だったら、被害の実態と映像がそろえばくいついてくるかもしれないな」

「そうね、でも真島さんは、どうしてそこまで一生懸命にがんばってくれるの」

布団に寝そべって、おれは考えた。開け放した窓からは池袋の街のノイズがきこえる。理由なんてないのだ。ただそれをやるべきだという声が自分のなかにあるだけ。説明するのが面倒になって、おれは適当にいった。

「おれだけじゃなく、タカシだってがんばってるだろ」

ナナエはくすくすと笑った。耳元できく女のふくみ笑いっていいよな。

「安藤さんは違うでしょう。わたしたちからしっかりギャラをとってるから」

またしても、自分たちだけ抜け駆けしている。まあ、おれは超零細の個人で、むこうは組織を動かしてるからしかたないのかもしれない。最後におれはいった。

「あのさ、おれは思うんだけど、誰かに見つけてもらわなきゃ、価値がないなんてことはぜんぜんないいんじゃないかな。被害者の会のみんなは、それぞれの形でみんな魅力的なんだよ、ほんとはさ。あんたたちはあんまり人が押しつける美しさの基準なんかに振りまわされる必要はないんじゃないか」

しばらく電話のむこうが静かになった。女たちは雑誌やテレビにいつも美しさを押しつけられて生きている。自分とはかけ離れた形を理想だと思いこむのは、しんどい人生である。ナナエがそっという。

「美しさの基準を自分のなかにつくることね。きっとそれがただしいのかもしれないな。マコトくん、ありがとう」

こんなふうに礼をいわれるのなら、おれは女たちの連絡先集めがへたでも、それでいいのだと思った。そんなカンタンなものは、イケメンのキングにでもまかせておけばいい。

朝礼がある金曜の朝七時、おれたちはウエストゲートパークに集合した。

天気予報では猛暑日になるといっていたが、おれとタカシのキャッチ役も朝礼で終了だ。いくらでも暑くなるといい。公園わきにとめたメルセデスのＲＶには、Ｇボーイズの運転手とタカシとおれ、それにラジオがのりこんでいた。ラジオは目を輝かせていった。

「このビデオカメラはネット用に特化したデザインなんだ。画素数はそこそこだけど、ブログで公開するには十分だし、録画メディアはお手軽なＳＤカードで、とにかく本体のサイズがちいさいんだ」

おれは手のなかのカメラを見た。ほとんど携帯電話と変わらないおおきさである。

「それにとくに優れているのは音が静かなことなんだよ。固体メモリに録画するから、テープやディスクみたいにモーターをまわす必要がない。盗撮にはぴったりなのさ」

まったくメカおたくは幸福なものだった。この世界がビデオカメラのように単純だったらいいのだが。

「超小型のＣＣＤカメラをスーツのポケットか襟元《えりもと》につけておくから、あとでどの位置に立つとフレームがどのくらいのおおきさになるか、確かめておいて。まあ、映像のほうはあんまり心配してないけどね」

ラジオは興奮して、何度も前髪をかきあげた。

「むずかしいのはきちんと鮮明な音を録ることのほうなんだ。音はデリケートだからね。でも、こちらにもデジタル録音のすごいメカがある。スルーで普通に録るだけで、並みのCDよりもいい音でステレオ収録できるリニアPCMのレコーダーだよ」

ビデオカメラよりもすこしだけおおきな録音機をとりだした。

「まあ、予備にICレコーダーもつけておくけどさ、やっぱり音はこっちのほうが圧倒的にいいんだ」

タカシは苦笑していた。

「わかった、わかった。いいから、操作法を教えろ」

ゼニアのジャケットの裏地に穴を開けられるのは嫌だったが、子どもの小指の爪ほどのマイクとCCDカメラをとおすためにはしかたなかった。機材は上着の内ポケットとパンツの尻ポケットに振り分けた。どちらもほとんどスーツのラインを崩さないほど小型である。

それからおれたちはウエストゲートパークにでて、何度かリハーサルをおこなった。おれがタカシを撮り、タカシがおれを撮る。二、三度練習すれば、もう十分だった。おれたちに必要なのは芸術的な名カットではなく、あるがままドキュメンタリータッチの暴力シーンだ。

夏の熱気がかげろうのように揺らめきだした円形広場を離れて、冷房のきいたメルセデスのなかで時間まで待機した。ようやくこれで一週間の苦労もむくわれるというものだ。


目白にむかうクルマのなかで、タカシがいった。

「今回のシューティングにはそれほど危険はないと思う。だが、万が一ということがあるからな、

Gボーイズの腕利きを十人ほど建物の周囲に散開させている。まあ、実際につかうことはないだろうが、バックアップ要員だ」

わかったといった。三十分まえに千登世橋でRVをおりてハンドレッドビューティにむかった。さすがに緊張して、のどが渇いてしかたない。タカシはあのクールな表情を崩さなかった。どんな心臓をしているんだろう。

朝礼が始まったのは、定時の午前十時ちょうど。ステージにブラッド宮元がのぼると、おれたちキャッチは直立不動で叫んだ。

「グッドモーニング、サー」

やつは簡単な挨拶をしてから、また成績優秀者の名前を呼んだ。

「サイモン、トーマス、リバー。うちのトップガン三名、まえに」

タカシがおれのとなりで、軽くうなずいた。すでにポケットのなかの機材のスイッチはいれられている。おれたちはトイレの個室のなかで、おたがいにチェックをすませていた。タカシがステージに移動した。静かに壇上にあがり、姿勢よく待つ。ブラッド宮元がタカシの肩をたたいた。

「リバー、きみならやってくれると期待していた。おめでとう」

白い封筒を手わたされた。拍手が起こる。個人表彰は流れ作業で終了した。つぎは恐怖の見せしめの時間だ。

「アクセル、クリス、コリン。おまえたちはどういうつもりだ。こっちにこい」

格闘技用のグローブをはめながら、ブラッドが怒鳴っていた。この声が録れるのなら、一発なぐられるくらい安いもの。おれの先をステージにむかうアクセルの背中が小刻みに震えていた。

おれは三人の成績下位者の中央。左手にアクセルがいて、その正面に宮元が立った。撮影のために上半身全体を左にむける。ステージの端では、タカシがやはりこちらに身体をむけていた。

「いいかカモを集められないやつは、自分がカモの代わりになるんだ」

ブラッド宮元が一週間まえと同じ手順を踏んだ。頬を張り、衝撃で身体がゆるんだ隙をついて、腹にフックを刺す。腰のはいったいい右だった。つぎはおれの番だ。動画サイトに登場するのは気がすすまないがしかたない。腹筋に力をいれて、ボディブローにそなえた。そのとき、誰かがステージのしたで叫んだ。

「思いだした。そいつは池袋のなんでも屋のマコトだ。ボス、そいつはいろんなやつをはめて、潰してきてます。気をつけてください」

そちらのほうに目をやると、あのルーサーがおれを指さしていた。タカシの右手が上着のポケットにはいった。SOSを送っているのだろう。ステージしたから古参のキャッチが何人かあがってきた。タカシが叫んだ。

「マコト、十秒もちこたえろ」

おれは飛びかかってきた最初の男のこぶしを腰をしずめて避《よ》けた。ひざをもどす反動をつかって、ショートレンジの右ひじを男の頬骨にぶちあてる。きれいに決まった。男はその場に崩れ落ちた。

「マコト、うしろだ」

もうひとりのキャッチが襲ってきた。最初の男が倒されたので、慎重になっていた。なかなか突っかけてこない。おれは身体を丸めて、防御の姿勢をとっていた。下手に闘って、機材が壊れるのが心配だったのだ。タカシはおれにアドバイスしながら、ステージを蝶のように舞った。わかるだろうか、ショットガンをぶっ放しながら軽やかに飛ぶ蝶である。タカシの見えないパンチをくらって、三人の男がすでに倒れていた。やつは薄笑いしながら、ブラッド宮元にいった。

「どうだ、なぐり返してくる相手とやってみる気はあるか」

カリスマエステティシャンは獣のような叫び声をあげて、タカシに突進した。おれはきちんとその場面がフレームに収まるように、たえず身体のむきを変えていた。ブラッド宮元は格闘技をかじったことがあるようだった。パンチはただの力まかせでなく、きちんと切れがあった。だが、タカシはここでも一枚上手だった。きれいに上半身をスウェイして、パンチをかわしながら、つねにやつの正面に立ち続ける。きっと殴りあいより撮影を優先しているのだろう。

「そろそろいいか、マコト」

タカシがパンチを避けながら、そういった。

「こっちのシューティングはばっちりだ。しとめていいぞ、リバー」

「その名で呼ぶな」

腹を立てたタカシの右ストレートはいつもよりすこし力がはいってしまったようだった。腰にタックルしようと突っこんできたブラッド宮元のあごにカウンターで決まった。木の棒でも倒れるように受身もとらずにボスが自慢の顔からステージに落ちた。

ミーティングルームの入口で、男たちの叫び声があがった。青い火をあげながら、発煙筒が飛んでくる。Ｇボーイズの突撃隊が黒いトラックスーツで大混乱の部屋のなかに侵入してきた。

「いくぞ、マコト」

返事の必要はなかった。そのときにはおれはステージを駆けおりていたのだ。あの映像さえ撮れたら、こんなまやかしのサロンに長居は無用だ。おれとタカシは突撃隊よりも一足早く戦列を離れた。

メルセデスに待機していたラジオに機材をわたした。やつは江古田のスタジオにつくまえに、映像と音声のチェックを完了している。いい素材だといって、ひとりで興奮していた。

ハンドレッドビューティの暴力的な朝礼は、五十秒のショートバージョンと百五十秒の完全版として、その日のうちにユーチューブとニコニコ動画に投稿された。やつは短いほうで四回、長いほうで十一回、自分のサロンの客のことをカモと呼び、不運なアクセルを殴りつけている。テレビの人気者の暴力映像が人気を呼ばないわけがなかった。

初日のアクセス数は三十万近くにのぼり、翌日の朝には全民放のワイドショーでミーティングルームの惨事が流れたのである。まあ、おれとしては映像のフレーミングにすこし不満があったのだが、盗撮の腕はつぎの機会までにちゃんと磨いておくことにした。なんでも最初からうまくはいかないからな。

その後、週刊誌やスポーツ新聞で続いたブラッド宮元たたきについては、おれよりもみんなのほうがきっと詳しいだろう。いつの間にかレギュラー番組を降板させられたブラッド宮元（本名

＝宮元龍司）は、その後、消費者基本法、消費者契約法、特定商取引法、薬事法の各違反で、警察から取調べを受けることになった。たいしたことのない人物を一気に引きあげてスターに仕立て、つぎにみんなでつつきまわして潰してしまう。いつもながらてのひら返しのタレントバッシングだった。

　おれはこの事件のお礼ということで、またフォーシーズンズのイタリアンに呼ばれた。今回はナナエとミチコのふたりだけだ。ミス平凡は田舎の両親のところに帰ったという。たとえ宮元が有罪になったとしても、被害の全額がもどることはないそうだ。またそれにはまだ何年も時間がかかってしまうらしい。教訓はひとつだ。

　おれたちが生きている世界では、圧倒的にだますよりだまされるほうが悪い。

　すべてが終わって一週間後、おれはタカシから呼びだされた。また同じ真夜中の千登世橋のうえ。新宿の超高層が繭《まゆ》にでも包まれたように白くかすむ曇り空の夜だった。

「なんだよ、タカシのほうから誘うなんてめずらしいな」

　キングはジル・サンダーの透ける素材のシャツジャケットを着て、橋の欄干にもたれていた。空にはふれたら切れそうな三日月。

「マコトに礼をいおうと思ってな」

　たいへんにありがたい王のお言葉だった。今年の夏は雪が降るかもしれない。おれがびっくりして黙っていると、やつは白いパンツのポケットから封筒をとりだした。

「マコトにやるよ。ブラッド宮元からの報奨金だ。Ｇボーイズは別口で被害者の会から、受けとっているからな」

おれはカチンときてしまった。そんな金などほしくはない。

「別な金なら、よろこんで受けとるさ。でも、そいつはあの商売オカマの汚れた金だし、タカシが一週間女の連絡先を集めてもらった歩合だろ。そいつはおまえ自身で稼いだ金だ。そんなもん、二重の意味で断じてもらいたくない」

タカシは霜でもおりたように冷えた表情のまま、すこしだけ笑った。

「やっぱりマコトもそうか。おれもこんなものはいらないんだ」

そういうと欄干から手を伸ばし、封筒を夜の明治通りに落としてしまった。金一封のはいった白い封筒は、自動車が起こす風にあおられ、ひらひらと宙を舞う。気がついたときには叫んでいた。

「もったいないじゃないか。おまえはいつか一円に泣くぞ」

「間抜け、あの封筒の中身は十万だ。もういいんだ、のみにいくぞ。おまえを歓迎しようと、Ｇガールズの被害者の会がラスタ・ラブで待ってる。おれのおごりだ、朝まで好きなだけのんでくれ」

池袋のキングがこんなにやさしいなんて、やはり今年の夏も異常気象に違いない。メルセデスのＲＶが静かにやってきて、おれたちのわきにとまった。黒いボディに三日月が映っている。なんだか実物よりも、きれいに見えた。おれは意味もなく右手をさしだした。タカシは不思議そうな顔でおれの手を見た。

「なんだ、それ」

「だから、友情の握手」

タカシは売りもののロックアイスのように角のとがった声でいう。

「キモチワルッ」

そのままやつはＲＶにのりこんでしまった。感心したおれがバカだったのだ。今夜ひと晩キングとは絶対に口をきかない。そう固く決心して、おれはタカシのとなりの空席に滑りこんだ。

家なき者のパレード

街を吹く風が冷たくなったように感じるのは、おれだけだろうか。

いくら秋になったとはいえ、そいつは冷たいなんてもんじゃなく、氷水を浴びせられるような冷酷さ。単に季節のせいではなくて、おれたちが生きてる時代の冷たさなのかもしれない。社会に口を開けた格差の谷はどんどん広く深くなり、谷の両岸ではおたがいの姿がまったく見えなくなってきた。そうなると格差なんて初めからないのと同じなのだ。なにせむこう岸の相手が存在しなくなり、自分の住む世界だけがすべてになるのだから。

それぞれの谷の両側で、人々は分断されたちいさな世界を生きることになる。うえのほうのやつは港区と渋谷区（あとはせいぜい成田空港と海外）だけで暮らし、したのほうのやつはおれみたいに豊島区の中から下流の世界でなんとか生き延びるのだ。

この秋、おれが目撃したのは、その最下流の世界で起きている弱肉強食の構図。ちいさな魚がよりちいさな魚をくらい尽くす場面の数々だ。やつらはたたかれ、仕事を奪われ、住む場所を追われ、命綱の手帳まで盗まれても、声ひとつあげることはできなかった。深海の底から声をあげたって、光さす海面までは届かない。しかも、相手は同じようにどん底に住む自分たちの仲間で、すこしだけ獰猛《どうもう》だったり図体がでかかったりするやつなのだ。小が小をくい、下流は下流から奪う。それが新しい二十一世紀の図式ってやつ。

あんたもなんだか不思議に思わないか。海の底では小魚が音もなく捕食され、その数百メートルうえの海面を光り輝く豪華客船がすすんでいく。船のうえでは毎夜のパーティ。エコに関心の深い洗練された趣味のいい男女の数々。女たちのドレス一枚の代金で、海底の魚たちは楽に半年は生活できるのだ。

おれは思うのだけど、今必要なのは見えないものを見る能力で、想像できないものを想像する馬鹿力なんじゃないだろうか。そうした無茶な力を育てなければ、おれたちは目のまえで起きていることさえいつか見えなくなる。

すべてが切り離され、センスよく隠され、なにもなかったことにされる時代なのだ。

寝不足の目を見開いて、今起きていることを見届けなくちゃいけない。

そうでもしなけりゃ、海の底の闘いには誰も絶対に気づかないからな。

夏の終わりは稲妻と豪雨だった。

生物が出現するまえの原始の海のように、無闇に近く遠く雷が落ちて、分厚い灰色のカーテンのような雨が街を包む。この時代は天気だって、獰猛でむきだしだ。

そのときおれは池袋の西口から東口へ遠征の最中。ＪＲの線路をはさんで西口ではスコールのような雨がふり、ほんの百メートルばかりウイロードを抜けた東口では歩道はからからに乾燥していた。天気の境界を越えるトンネルなんて、なんだかSFみたい。もっともおかげでおれはびしょ濡れのビニール傘をもって、晴れたグリーン大通りを歩く間抜けになったんだけどな。

目的地はレッドエンジェルスが昔集会所につかっていた東池袋中央公園。今ではガキのギャング団はおとなしくなって、ホームレスの炊きだしが毎週火曜日に開かれる平和な副都心の公園だ。

おれが呼びだされたのは、例によってこの街のガキの王からの電話だった。指定されたのはその炊きだしの午後。濡れた傘をもってグリーン大通りで振り返ると、パルコのむこうの西口の空は嵐のような黒雲で、こちら側は夏の終わりの冴えた青空だった。なんだか格差社会そのものみたい。こっちは晴れ、むこうは土砂降り。

四列にケヤキが植わった園路を抜けると、奥は噴水のある広場だ。スケートボード禁止の看板がやかましく立っている。そこで一番目立つのは、なんだかくすんだ格好をした男たちの行列だった。ほぼ広場を一周する勢いで、男たちは黙ってならんでいた。年齢は若いやつから年寄りまで。最近のホームレスに年齢制限はないのだ。

簡易テントのしたに折りたたみテーブルがだされ、でかい鍋がふたつ。においはクリームシチューのようだった。おれが鼻をくんくんいわせていると、背中に氷柱《つらら》のようなキングの声が刺さった。

「腹が減ってるなら、マコトもならんだらどうだ」

振りむくとGボーイズの王様が秋ものの新作を着て立っていた。グレイのフラノのジレ（なんでベストといわないのか、おれには謎）に、同じくフラノの紺のパンツ。ジレのしたは半袖の白

Tシャツだった。なんというかメンズファッション誌のグラビアみたいな王様。さすがに二名のボディガードを忘れていなかったけどね。

おれは声をさげていった。

「みんなの分をとるわけにはいかないだろ。家に帰れば、おふくろの晩めしが待ってるんだから」

うちの晩めしがここの炊きだしよりもましか議論のあるところだが、キングはめずらしく素直にうなずいた。

「そうだな。おまえのおふくろさんの料理は別格だからな」

素直なキングが相手では、おれの調子がでない。不機嫌にいった。

「おまえがきたときだけ、がんばってんだよ。普段はほか弁よりひどいんだから」

するとなぜかボディガードのほうが、えらくきつい目でおれをにらみつけてきたのだ。タカシは笑っていった。

「おまえのおふくろさんには、Gボーイズのあいだでもファンが多くてな、口のききかたに気をつけたほうがいいぞ」

なんてことだ。身体を張って、この街の難事件を解決しているおれよりも、うちの無教養で口の悪いおふくろのほうが人気なのである。こいつは格差というより、立派な差別だ。

「わかったよ。うちの同居人については口を慎むことにする。それよりタカシが紹介したいやつって誰なんだ」

するとモデルのような王様が右手をあげた。テントのほうから、若い男がひとりやってくる。

タカシと同じようなジレを着ているが、こっちのほうはデニムのエプロンをつけていた。髪はくるくるのカーリーヘアだ。おれたちのまえまでやってくると、ガキは軽く頭をさげた。

「絆《きずな》の武川洋介です。伝説の真島誠さんに会えるなんて、光栄だな」

礼儀ただしい青年だった。絆というのはラップグループかなにかだろうか。おれはおかしな顔をしていたらしい。ガキがいった。

「あっ、あの絆っていうのは、ホームレスの人たちの支援組織で、ボランティアなんです」

タカシはちらりとヨウスケのジレに目をやっていった。

「同じ服を着てるやつに初めて会った。マコト、こいつが今回の依頼主だ」

おれはにこにこ笑っているヨウスケを見た。タカシと同じベストなら、どこかのハイブランドの品で一枚十万はするのだろう。金もちの坊ちゃんのボランティアだ。

「で、あんたの依頼ってなんなの」

おれがそういうと、ヨウスケはホームレスの行列を振りむいた。

「ここじゃちょっとまずいので、移動しませんか」

やつはエプロンをはずすとくるくると丸め、公園のとなりにあるサンシャインシティにむかって歩きだした。おれがやつについていくと、背中でキングの声がした。

「紹介したぞ、マコト。あとはおまえのほうで、よろしくやってくれ。手助けが必要なときは電話しろ」

「おい、ちょっと待てよ」

おれが叫んでも、ボディガードを従えた王様は涼しい顔で、都心の公園をでていってしまう。

植栽のむこうにメルセデスのＲＶが静かにとまった。タカシは冷房のはいったクルマに消えた。池袋はまだ封建制だ。王は命じ、臣民は働く。問題なのは、おれがけっこう面倒な労働が好きだってことなのかもしれない。


スターバックスのアイスラテのカップをもって、おれとヨウスケはサンシャインシティのテラスに腰をおろした。ステージにでもあるような幅の広い茶色いタイルの階段だ。見あげると左手に六十階建ての高層ビルがそびえている。頭上には高い雲と低い雲の混じった怪しい空。夏と秋が同時に存在する微妙な空模様だ。

「マコトさんは、最近のホームレスの人たちのことはしってる？」

残念だが、おれはむこうの世界に友人はいない。ホームレスの骨をたたき折ってまわる襲撃犯を捕まえたのは、もう何年かまえの話。首を横に振るとヨウスケがいった。

「今はね、ああいう人たちはどんどん見えなくなっているんだ」

どういうことだろうか。ついさっきくすんだ行列を目撃したばかりだ。

「公園にあんなに集まっているのに、あれは透明人間なのか」

ヨウスケはアイスラテをひと口のんだ。

「そうだよ。ああして集まってるのは、炊きだしのときだけなんだ。昔は東京のおおきな公園では、どこにでも青いビニールシートの村ができていたでしょう。でも、そういうのは最近ではほとんど目にしなくなっているはずだよ」

そういえば、池袋のほとんどの公園からブルーシートの村落はなくなっていた。

「なんでかな、これだけ不景気なら、ああした人たちは増えているはずなのに」

ヨウスケは無感情にいった。

「役所が公園の正常化をすすめてるからだよ。東京の公園では、これまであったものはともかく、新しく小屋やテントなんかを設置することは禁止されたんだ。それで同時に自立支援のサービスを始めた」

自立支援？　この世のなかにはきれいに整えられた言葉があって、そいつはたいていの場合、より厳しいこと、汚れたことを隠すためにつかわれている。

「なんだか嫌な感じだな」

ヨウスケはにこりと笑った。

「マコトさんは勘がいいから、説明が簡単だな。役所は四年まえから公園に住んでいたホームレスにアパートを貸しだし始めたんだ。二年間の期限つきで、家賃はうんと安くして」

「なるほどな」

あまり甘くないアイスラテをのんだ。二年の猶予《ゆうよ》期間にうまく仕事が見つかれば、ホームレス生活から脱出できるというわけだろう。悪いプランではなかった。ただし、そいつにはふたつの好条件が重ならなくちゃならない。うまくいくのは、好景気で仕事がいくらでもあって、当人に勤労意欲がある場合の話。

「地域生活移行支援事業っていうんだけど、やっぱりそううまくはいかなかった。最近になって、アパートを追いだされてまたストリートにもどってくる人が、続々とあらわれたんだよ」

「昔みたいに公園には住めないのか」

ヨウスケは皮肉そうに唇の片端をつりあげた。やつの背後でサンシャイン60の窓が点々と光っていた。

「無理なんだ。公園はどこも正常化されてしまっているから。人が住むことはできない」

おれは心のなかでため息をついた。やれやれ、なんだか救われない話。

「じゃあ、さっきの連中は、いったいどこで暮らしているんだ」

「ぼくたちの目につかない場所に、ばらばらに散らばって暮らしている。地下街の通路や高速道路のガードしたや河川敷なんかに。なんだかこういうのって、サブプライムローンに似てないかな」

ボランティアの学生はいきなりむずかしい経済用語をつかった。おれも最近は新聞を読んでいるから、その単語の意味くらいわかる。だが、アメリカの不動産と日本のホームレスの関係がわからなかった。

「どういうつながり？」

「だからさ、社会にとっては、サブプライムローンもホームレスの人たちも、一箇所に集めておくと人目につくし危険なんだよ。それでばらばらにして、薄く広くばらまく。そういう方法で、問題を全部なかったことにしてしまうんだ」

なるほど、頭のいいやつはおもしろいことを考えるものだ。社会にとってリスクになる存在は、つながりをほどいて細分化し、世のなか全体にばらまいてしまえばいい。確かにカリフォルニアで不動産のローンを証券化するのはいいだろう。だが、池袋のホームレスは人間なのだ。人間を証券化して、ばらまけるものだろうか。

　おれはいきなりいってやった。

「ヨウスケは今、なんで困ってるんだ」

　絆というボランティアの中心人物は、秋の初めの空をあおいだ。

「それがなんで困っているのか、ぜんぜんわからないんだ」

　証券化とか、不可視の問題とか、いやにこの街のトラブルもこむずかしくなってきた。トラブルシューターもそろそろ果物屋の店番ではなく、数学者や物理学者の出番なのかもしれない。

　おれはヨウスケの顔をしげしげと見た。

「なあ、なんであんたはそれほどホームレスにいれこんでいるんだ。あんたの着てるそのベスト、じゃなくてジレだっけ、そいつだってペラペラだけどすごい高級品だろ。あんたの住んでる街にはホームレスなんていないはずだ」

　ヨウスケはベストの襟元にふれていった。

「ああ、これね。ニール・バレットだよ。マコトさんにも似あうと思うけど……ぼくは実は大学のゼミでリサーチをしていたんだ。ホームレスの人たちの生活スタイルや住環境の調査だよ。たくさんの人に会い、そのうちの何人かに死なれてしまった。路上の生活は危険が多いんだ。それである日目が覚めた。これはリサーチなんかしてる場合じゃない。今目のまえにいる人を助けなくちゃって。それで、絆を始めたんだ。こんなので説明になるかな」

　おれは育ちのいい男の肩をポンとたたいてやった。

「十分だよ。なんだかすごくやる気になってきた」

一枚十万のベストだろうが、千円のTシャツだろうが関係ない。要するに目のまえの困った状況になにをするか。人を計る尺度なんて、できるだけ簡単なほうがいいのだ。

　しばらく黙って、ヨウスケは頭のなかを整理しているようだった。

「路上にもどってくるホームレスは急増している。公園に住めないので、みんなあちこちにばらばらになっているけど、基本的には住環境は以前より悪化しているんだ。二年まえより、景気は悪くて、仕事は減っている。そうすると、どういうことが起きるのかな。普通の人間には見えないホームレスの社会で」

　生き延びるための条件がすべて厳しくなれば、こたえはひとつだった。

「生存競争は厳しくなる。貧しい者同士が、ほんのわずかなとり分をめぐって争うことになる。小が小をくう」

　自分で口にして、ぞっとする言葉だった。だが格差のした半分のジャングルでは、そいつがあたりまえなのかもしれない。ほんの十年まえ、おれが中学生のころには想像もできなかった事態だ。

「最近炊きだしをしていると、足を痛そうに引きずっていたり、顔にあざをつくっている人が目につきだしたんだ。とくに豊島区周辺で。うちのスタッフが話をきいても、みな貝になって、なにも話してくれない。それでマコトさんなら、なんとかなるかもしれないと思ったんだ」

　そういうことか。だが、おれには気になることがもうひとつあった。

「ヨウスケとタカシの関係はどうなっているんだ。絆はGボーイズの息のかかったボランティアじゃないよな」

　まあ、最近のギャングはどんなことでもやるので、それくらいのことでは驚いたりしないけどな。ヨウスケは悲しい顔をした。

「このごろじゃあ、二十代のホームレスも増えているんだ。なかには何人か、タカシさんのところのメンバーもいるよ。タカシさんがいうには、ストリートでしのぐのも年々きつくなってきているんだって」

　そういうことか。二十代のホームレスがめずらしくない世のなか。おれたちはなんて希望あふれる時代を生きていることか。


「じゃあ、あんたには問題のありかはわからないし、そいつをどういう方向に転がせばいいのかもわからないんだな」

　ヨウスケはじっと考えていた。手のなかのスタバのカップを見つめている。

「うん、情けないけど、そうかもしれない」

「ことによると、なにか事件になって、あんたたちが支援してるなかから逮捕者がでるなんてことになるかもしれない。それでもいいのか。そうでなくても、いいやつと悪いやつがいっしょなんて可能性もある。そういうときは、どうしたらいい？」

　すべてのリスクが証券化される世界である。おれたちの善と悪もうんと薄められて、細かに切り刻まれ、混ざりあっていることだろう。悪人を倒すとき、善人もとも倒れになる。よくある話だ。そのときヨウスケが顔をあげた。西の雨雲が切れて、夕焼けの光がまぶしく空を駆けていく。

「生きることにつらさを抱えている人が、すこしでも生きやすくなる。なにをするにしても、この件がそういう方向に流れるのなら、ぼくたちは文句はいわないよ。よろしくお願いします、マコトさん」

なあ、単純でも胸に響く言葉ってあるよな。人をやる気にさせるのは、そういう言葉なんだ。ことにおれのように金で動かない中世の騎士のような人間は。なにせ、もちなれない金をもつと、肩がこるからな。貧しくても、自由になる時間と鋭敏な心をもって生きるのはとてもいいものだ。


サンシャインシティのテラスで、さらに打ちあわせを重ねた。おれとしては、すぐにでもホームレスの負傷者から直接話をききたかったが、ヨウスケはそれはむずかしいといった。

「うちのスタッフが話をきけないのは、おたがいにあの人たちが監視しあってる雰囲気があるからなんだ。炊きだしみたいな大勢のまえでは、誰も口を開かないと思う」

「じゃあ、おれはどうすればいい」

やつはジーンズのポケットから、クレジットカードのようなものをとりだした。表にはデザイン化された絆の文字。受けとると、ちゃんとおれの名前がはいっていた。

「うちのメンバーの会員証。あとはこれをわたしておくよ。極秘情報だからとりあつかいに注意して」

今度は手帳をちぎったような黄色い紙切れが一枚。

「そこには何人か協力してくれそうな人のストリートネームと住所が書いてある。うちの団体の緊急用連絡網から抜きだしたものだから、気をつけて」

おれは紙切れに目をやった。ガンさん、スンさん、イーさん、ジャモさん。誰も本名は教えてくれないようだった。住所はこんな感じ。南池袋二丁目歩道橋した、雑司が谷鬼子母神《きしもじん》参道、池袋大橋した、びっくりガード。住所というよりこの街のあちこちにあるブラックホールのような人目につかない場所ばかりだ。

「わかった。こいつは大事にするよ。役所なんかには見せたくない情報なんだろ」

ヨウスケはつまらなそうにいった。

「そう。どれもうちのメンバーが足で探したものなんだ。きっと公園のつぎは街全体が正常化されることになるだろう。そのときその紙一枚がどんなに危険なものになるか、マコトさんも想像がつくでしょう」

おれは重々しくうなずいた。アイアイサーの代わりだ。そこでおれたちは携帯電話の番号とアドレスを交換して、その場で別れた。話をきいていたのは、ほぼ一時間くらい。おれは池袋の街のした半分についてはかなりの情報通だと思っていた。だが、その勘違いを突き崩すには十分な時間だ。まあ、ホームレスのあいだで起きている事件なんて、めったに世のなかに浮かびあがってこないから、そいつも当然なんだがな。

夕焼けの街を濡れた傘をもって帰った。昼のあいだは夏のような日ざしだが、夕風はもう秋の気配だった。ネオンのまぶしい街とガキどもから熱気を奪っていく。なぜ、ほんのすこしばかり風が冷たくなったくらいで、おれたちはこんなにセンチメンタルになるのだろうか。それが四季のある国に生まれたということか。

西一番街にあるうちにつくと、おれはおふくろと店番を代わった。なんだか秋の音楽をききたくなり、ブラームスを選んだ。おれはロマン派は好きじゃないけれど、ブラームスは別だ。はったりのきかないまじめで厳格なおやじ。でも、胸のなかにはびっくりするようなロマンを抱えている。やつが二十一世紀の東京で生まれていたら、きっとギャルに振りまわされて苦労したことだろう。純情なアーティストなのだ。

店先のCDラジカセにかけたのは、間奏曲集だった。おれはこの曲が好きで、グールド、アファナシエフ、ポゴレリチともっているけれど、そのときはいつものようにグールドを選んだ。あんたもきけばわかるよ。これがため息のでるような秋の音楽なんだから。

今回の事件を考えようとしたが、あまりに情報がすくなくて、なにも考えられなかった。しかたない。困ったときは誰か情報をもっていそうなやつにきく。そいつが一番の近道。携帯を抜いて、タカシの番号を選んだ。とりつぎがでると、おれはいった。

「マコトだ。なあ、あんたもおれのおふくろのファンなのか」

人間に話しかけたのではないようだった。オオカミのうなり声がもどってくる。つぎにきこえたのは秋をとおり越して、真冬の北風のようなタカシの声。

「おまえはおれのボディガードを怒らせるのがうまいな。なんの用だ」

おれはヨウスケの依頼の内容を話した。誰かに話すことで、情報というのは整理されるものだ。最後にいう。

「とりあえず、明日からホームレスの家庭訪問をしてみるつもりだが、情報が足りなくて困ってる。タカシのところにはいっていることをなんでもいいから、教えてくれないか。なんでもGボーイズにもホームレスがいるそうじゃないか」

今度オオカミになるのはキングのほうだった。タカシはうなるようにいった。

「ああ、不景気もどんづまりだな。仕事をなくしたり、親と別れたりすると、若いやつでもすぐホームレスに転げ落ちる。うちのほうでも、あれこれと調べてはいるが、まだなにもつかめていないんだ。ただホームレスのボーイズにきくと、みんなえらくなにかを怖がっているらしい」

怖がっている？　誰をだろうか。人が恐れるのは、人しかない。

「相手は誰だ」

「わからないといっただろ。だが、おれたちが普段相手にしてるギャングや暴力団ではないようだ」

「なぜ、わかる」

タカシが鼻で笑った。

「やつらが恐れてるのは、外部の目ではなくて、おたがい同士の監視網のようだ。共産党独裁のソビエトみたいにな」

恐怖による裏切りと密告が横行する。おれはショスタコーヴィッチの評伝を読んだので、その空気の一部は想像がつく。

「そうか、わかった」

　タカシの声の調子が変わった。普段とは違う氷が溶けだすときの微妙な温度感。

「あのボランティアの代表がいっているように軽傷のけが人だけでは、実際ないようだ。ホームレスは病院にはいかないからな。半殺しの目にあって、この街を追われたやつも何人かいたらしい。マコトも気をつけろ」

　おれはびっくりしてしまった。王様がおれの身の安全について心配しているのだ。

「わかったよ。せいぜい気をつけることにする」

　タカシが笑っていった。

「そうしておけ。おまえみたいな道化でも、池袋からいなくなるとすこし淋しいからな」

　とするとおれは王様愛玩《あいがん》のおもちゃということか。おれはさよならもいわずに、電話をガチャ切りしてやった。どこかにキングを密告できるようなところはないものだろうか。


　つぎの日は店を開けてから、すぐ街に飛びだした。まだなにが起きるのかわからない。だが、それでもなにかを探して、街にでる最初の瞬間というのは胸躍るものだ。秋風のなかおれがむかったのは、リストの一番うえにあった住所。

　東口にでて、明治通りをまっすぐ新宿方向に歩いていく。大鳥神社に曲がる路地の近くに古びた歩道橋が見えてきた。こんな幹線道路のわきでは、さぞやかましくて寝づらいことだろう。階段のしたには、段ボールでつくられた棺桶のようなねぐらがおいてあった。手ぶらで話をききにいくのも気がひけて、近くのコンビニでおにぎりとフルーツとお茶を買っていく。

「すみません、ガンさん、いませんか」

返事はなかった。通行人が段ボールハウスに声をかけるおれを、不思議そうに見てとおりすぎた。何度か同じように声をかけたが、返事はない。留守なのだろうか。しかたなく屋根の部分をノックした。

「すみません、絆からきました。誰かいませんか」

「なんだよ、やかましいな。人が寝てんのによー」

意外なほど元気な声が棺桶のなかから返ってくる。ごそごそ音がしたと思ったら、側面の段ボールがずれてごま塩のヒゲ面がのぞいた。地面からにらみあげてくる。おれはしゃがんで、絆の会員証を見せた。

「ちょっとききとり調査にきました。おれは真島誠。ガンさんですよね」

初老の男の目はおれが手にさげているコンビニの袋に集中していた。

「話すことなんて、なにもねえよ、兄ちゃん。なんだ、それ、さしいれか」

袋ごとわたしてやった。ガンさんは受けとると、ヘビのように器用に段ボールハウスから抜けてきた。

「すまねえな、今日初めての米のめしだ」

すぐにおにぎりのビニールを裂いて、口にいれた。

「まったく不景気とエコの組みあわせは、ホームレスにはしんどいぞ。今じゃあ、コンビニも弁当屋も仕いれをぎりぎりまで抑えて無駄がでないようにしてるからな。どこの店のゴミ箱でも、まともなめしにはありつけなくなった」

話し好きなホームレスのようだ。ガンさんは黒いジャージの上下だった。靴はどこで拾ったのだろうか、ほとんど新品のナイキだ。おれはがつがつとさしいれをたいらげる男のとなりに腰をおろした。ホームレスといっしょに歩道橋のしたに座っているだけで、おれは透明人間になったみたいだった。とおりすぎていくやつは誰ひとり、おれのほうを見ようとはしなかった。

「代表からきいたんだけど、最近このあたりをねぐらにしてる人が、けがをしてることが多いんだってね」

ガンさんは一瞬こずるい表情になった。

「ホームレスの暮らしは危険ととなりあわせだよ。高校生や中学生はなにするかわからんしな。仲間内にも盗人《ぬすっと》はいくらでもいる。おれもここを離れるときは、貴重品はぜんぶもって歩いてるよ」

そういうとジャージの上着のポケットから、携帯電話をとりだした。ドコモの新型で、ワンセグつきのやつ。にやりと笑うと、ぱちりと開いてみせる。

「これでテレビも見られるし、携帯をもってないやつに一回二百円で貸してやることもある。商売道具さ」

どうも相手のペースにはまりすぎだった。おれは強引に話を引きもどした。

「顔にあざをつくったり、足を引きずったりする人が多いって話なんだけど、ガンさんはなにかしらないかな」

ジャージ姿のホームレスはおにぎりをくい終わると、ゆうゆうとカットしたパイナップルを楊《よう》枝《じ》で刺して口に運んでいる。

「さあ、そういうのはよくわからんな。このパイン、甘いな。フルーツなんて、何カ月ぶりか」

歩道橋の階段のしたで、明治通りをいく自動車を眺めながら、ホームレスといっしょに地面に座るのはおかしな気分だった。無理して情報を得ることもむずかしそうだ。そこで、おれたちは適当な世間話をした。この夏のいかれた天気や北京オリンピックやこの街のどの店の残飯がうまいかなんて、ごく一般的な話。そのあいだに携帯番号を交換したりもする。ふふ、なんだか相手がホームレスの頑固おやじでも番号が増えるのは、どこかたのしいよな。

おれがあきらめて立ちあがると、ガンさんはいった。

「マコト、おまえは気もちのいいやつだし、昼めし分は借りができたから、教えといてやる。いいか、今回の件については余計なことを調べるな。面倒なことになるぞ」

ジーンズの尻をはたきながら返事をした。

「忠告ありがとう。でも、ちゃんと調べなくちゃいけないんだ。ヨウスケと約束したからな。ガンさん、あんたも誰かになぐられたのか」

初老のホームレスは顔中をしわくちゃにして、吐き捨てるようにいった。

「おれはそんな間抜けじゃない。あぶれ手帳をもっていかれるほどバカじゃないさ」

あぶれ手帳？　初めてきく言葉だった。

「じゃあ、またくるよ」

ホームレスはきさくに返事をした。

「おう、またな。つぎにくるときは、デザートはヨーグルトにしてくれ。退屈してるから、必ず顔だせよ、マコト」

なぜだろうか。おれはホームレス関係のかたがたには昔から評判がいいんだ。どうしておれの魅力は若い女たちには理解されないのだろうか。つぎつぎとこの国の総理が辞めていく理由と同じくらい、おれにはそいつはでかい謎。


同じようにコンビニの手土産をもって、続く三件をまわった。鬼子母神参道にあるブルーシートハウスは無人だった。きっと仕事にでもいっているのだろう。ホームレスとはいえ、働かなければくっていけない。古紙の回収でも、アルミ缶拾いでも、残飯あさりでもいいが、なにもしないで生きられるほど甘くはないのだ。

おれはブルーシートのなかにコンビニの袋をおいて、メモを残しておいた。またくる、調査に協力をお願いする、きっと事実が判明すれば多くの仲間のためになるはずだ。その程度の簡単な内容。

おつぎは池袋大橋の陸橋しただった。こちらは頭上を自動車が駆け抜け、金網のむこうではJRの電車の音がやかましい場所。かなり住環境は悪いようだった。おれはまたもコンビニで買いものをしてから、やけに立派なブルーシートハウスにむかった。三畳ほどの広さがあり、ベニヤだがきちんとドアもついている簡易住宅だ。おれがドアをノックすると、なかから七十代くらいの老人が顔をだした。

「なんの用だ」

髪は真っ白で、インテリ風。刺し子の作務衣《さむえ》をぴしりと着ている。おれがドアのなかをのぞきこもうとすると、身体をねじって隠した。ちらりと見えたのは、ポータブルの発電機と二十インチのテレビ、あとは手づくりの本棚だった。なんだかおれの部屋より住み心地がよさそう。

手土産をわたして、用件を話した。老人の表情は途中から、どんどん険しくなった。コンビニの袋を押しもどしていった。

「こんなものはもって帰ってくれ。わたしには必要ない。あんたがなにをいっているのか、わからん。さっさとここから離れてくれ」

おれは別に深い考えなどもっていなかった。ただ最初のときと同じ質問をしてみただけだ。

「あんたもなぐられたのか」

老人の顔がみるみる赤くなった。悔しそうにいう。

「そんなことはそっちには関係ない。あんたは急にやってきて、ちょいちょいとつつきまわし、すぐに去っていくんだろうが。わたしはこの街でなんとか最後までしのいでいかなければならんのだぞ。若造になにがわかる?」

顔が赤くなっているだけでなく、目まで涙ぐんでいるのが印象的だった。おれはガンさんにきいた意味不明の単語をぶつけてみた。

「あんたもあぶれ手帳をやつらに盗まれたのか」

老人の顔色が変わった。真っ赤だった顔は蒼白になる。あたりをきょろきょろと見まわし始めた。

「わかっているなら、もういいだろう。早くいってくれ。あんたと話しているところを、あいつらに見られたくない。お願いだ」

敬老精神に富んだおれは、そこで立派な青いお屋敷から退散した。だが、これでおれたち一般人のしらない海の底で、なにか嫌な事件が起きているのははっきりした。ドアを閉めるとき、老人はもう二度とこないでくれと哀願したのだが、その声はほとんど泣いているようだったのである。


つぎはびっくりガードしただが、おれはすこし疲れてしまった。ストリート探偵にも休息は必要だ。池袋大橋のガードレールに腰かけてひと休みすることにした。東京ではどこにでも自動販売機があるから、すぐにのみものを買うことができる。便利なものだが、街角のあちこちに炎天下でも冷蔵庫をおき続けるのは、エコ的な観点からどうなんだろうか。冷たい日本茶のプルトップを開けてひと口すすり、携帯を抜いた。相手は絆の代表だ。

「よう、おれ、マコトだ。ちょっといいかな」

ヨウスケの人なつこい調子は電話でも変わらなかった。

「ちょっと待って、今ミーティング中だから。バルコニーにでるよ」

がさがさと音がして、やつの声がクリアになった。

「いいよ。話はなに」

おれはさっそくど真ん中の直球を投げた。あまり技巧はないからな。

「あぶれ手帳って、なんなんだ」

ヨウスケはあっさりといった。

「日雇労働被保険者手帳のことだよ」

むずかしい早口言葉のようだ。東京特許許可局。

「そいつはいったいなんなんだ」

さすがにホームレス支援団体の代表だった。ヨウスケは教科書でも音読するようにいった。

「建設現場なんかで働くホームレスの人の多くはその手帳をもっているんだ。正式な名称だと長いから、みんな白手帳とかあぶれ手帳とか呼んでいる」

「なんで、あぶれ手帳なんてあだ名がつくんだよ」

「ああ、それは失業保険をもらうときに必要な手帳だから」

それからヨウスケに説明してもらったんだが、システムは要約するとこんな感じ。一日働いたホームレスは作業が終わると、雇用保険料として印紙をあぶれ手帳に貼ってもらえる。稼ぎによって額は違うが、一枚百七十円くらいのものだという。それが二カ月で二十六枚以上たまると、つぎの月にたとえ身体を壊したり、仕事が見つからなくてあぶれてしまっても、失業手当をもらえるのだ。一日最高で七千五百円を十三日分以上である。おれは店番をしているくらいだから、簡単な計算は速い。

「そうか、だったらその手帳があれば、四千五百円くらいの印紙が十万近くの失業保険に化けるんだな」

「うん、そういうことになる」

おれは冷たいお茶をのんでいった。

「だったら、どこかの悪知恵の働くやつには、いいめしの種になるんじゃないか」

ヨウスケはいった。

「そうかもしれないけど、実際にはちょっとむずかしいよ。あぶれ手帳をもっている人は、やっぱり大切にしているから。失業保険はあの人たちにとって生命線なんだ。そうかんたんに人にあずけるようなことはしない」

だが、ガンさんは「あぶれ手帳をもっていかれたやつがいる」といっていた。ホームレスのあいだの暴力事件と失業保険給付の手帳の謎。ようやく今回のトラブルが事件らしくなってきた。

「わかったよ。こっちでももうすこし調査をしてみる。ヨウスケのほうでも、あぶれ手帳関連でどんな事件が起きているのか、調べておいてくれないか」

「了解。やっぱりタカシさんのいうとおりだったな」

あの冷たい王様の顔を思いだした。道化としては、どんな挨拶をつぎにするべきなのだろうか。

「やつはなんていってた」

「この街にいるガキのなかでは、マコトさんが飛び切り優秀だって。トラブルの種をかぎだす勘がものすごい。あいつにまかせておけば、だいじょうぶだって」

そのときおれの鼻の穴がどのくらい広がったか、あんたにも見せてやりたい。めったに臣下をほめることをしないアイスクールな王様が、手放しでおれをほめたのだ。今度、勲章でもくれるのかもしれない。

おれはガードレールから立ちあがり、秋の空にまっすぐ背を伸ばす清掃工場の煙突を見あげてから、びっくりガードへ元気よく行進を始めた。

池袋駅の東口と西口を結ぶびっくりガードには四車線の道路と両側に歩道がある。長さは三百メートルほどあるだろうか。公園が「正常化」されて、いき場のなくなったホームレスが点々と距離をおいて、ハウスをつくっていた。コンクリートの長いトンネルなので、自動車の騒音もやかましいし湿度も高く、決していい環境ではないけどな。

おれはリストにあったとおり、西口側出口に近いところにある移動式のビニールシートハウスを目ざした。リヤカーのうえにつくられたキャンピングカーのようなスタイル。これなら移動も簡単だし、水がでてもすぐには濡れないだろう。いいアイディア。またもコンビニの手土産つきで、声をかけてみる。一日に四件の買いものが毎日続くようなら、そう遠くないうちにおれの財政状態は破綻してしまう。

「ジャモさん、いませんか。絆からきました」

おれが声をかけると、すぐに反応があった。ただしよくないほうの反応。

「うるさい。そっとしておいてくれ」

「そういわれても、絆の代表に頼まれて、ききとり調査の最中なんです。すこし話をするだけだから、顔をだしてもらえないですか。おれは真島誠」

こちらの動きを探る視線を感じた。よく見ると、段ボールにのぞき穴が開いていた。おれはそこにむかって、団体の会員証とコンビニの袋を見せてやった。

「しかたねえな」

スライド式に段ボールが開いて、なかから五十代くらいのよく日焼けした男の顔があらわれた。おれは表情を変えないようにするのが精いっぱい。男の顔は赤く腫《は》れて、右目はふさがりそうだった。まだなぐられたばかりのようだ。

「どうしたんですか、それ」

コンビニの袋をわたして、そっときいてみる。

「なんでもねえ」

男は袋の中身を確かめて、軽く頭をさげた。

「助かった。これで一食分浮くよ」

「誰にやられたんだ。ほんとにだいじょうぶですか」

男はおれではなく、トンネルの左右におどおどと視線を飛ばしている。そのとき東口の明治通りのほうから、三人組の男がやってきた。着ているものは普通だが、遠くからでもホームレスだとわかった。くたびれかたに年季がはいっているというのかな。あわてて段ボールを閉じようとした男におれはいった。

「あいつらが怖いのか」

おびえた表情で、男は強がりをいった。

「バカいえ。あんなやつら怖いもんか」

「だったら、あの三人組はなんなんだ」

「池袋のホームレスの鼻つまみさ」

おれは段ボールに手をかけていった。

「あんたもあぶれ手帳を誰かに盗まれたのか」

男はなにもいわなかった。どす黒く変わった顔色が、なによりも雄弁な返事だ。

「もういったほうがいい。あんたもやばくなるぞ」

男の目が恐怖で泳いでいた。おれが手を放すと、段ボールの窓はぴたりと閉じられる。段ボールとビニールシートで、世のなかの悪や冷たい風から身を守れるとは到底思えなかった。

「おまえか、あちこちでかぎまわってるのは」

えらくドスのきいた声。振りむくとホームレスの三人組が腕を組んですごんでいた。ピンチだ。


びっくりガードは昼でも薄暗く、蛍光灯がつけっ放しになっている。通行人はほとんどなく、自動車がえらい勢いでぶっ飛んでいくだけだ。三人組の中央には、タンクトップのごつい身体をした男。リーダーなのだろう、暴力的な雰囲気と同時に自信が感じられる。左右に控えるのはひょろりとやせた長髪のおやじと、背は低いががっちりとした体格の坊主頭。タンクトップがうえからおれをにらみつけて、口を開いた。

「おまえ、なにもんだ」

おれは絆の会員証をあげてみせた。適当なでたらめをいっておく。

「代表から頼まれて、この街のホームレスの人たちがどんな生活をしてるか調査してるんだ。都のほうにレポートをあげなくちゃいけなくてね。補助金をもらうのも楽じゃない」

長髪のおやじがいった。

「おれたちのことは放っておけ。こそこそと探りをいれるんじゃない」

おれはその日にききこみを始めたばかりだった。ホームレスの情報網はあなどれない。そういえばガンさんは携帯をもっていた。噂はあっという間に広がるのだろう。背の高さよりも横幅のほうがあるんじゃないかというカニのような体格の坊主頭が、首を横にひねりながらリーダーにいった。

「ノボさん、すこしはたいておきますか」

どうやらこいつが三人組の暴力担当らしい。さて、逃げ足の速さをみせるときがきたのだろうか。周囲には助けを求められるような人間はいない。

「ガタ、やめておけ」

左右のふたりを押しのけるようにして、ノボと呼ばれたリーダーがまえにでてきた。おれとの目と目のあいだはほんの五十センチ。細めた目でにらみつけてくる。

「おれたちにはおれたちの掟《おきて》がある。外からきて、あれこれとかきまわすんじゃない。つぎはガタにおまえをやらせるぞ。いいか、こいつはムショに二、三年はいっても痛くもかゆくもないやつだ」

おっかない。だが、おれには力もないくせに、脅されると余計なことをいいたくなる癖があった。死に至る病《やまい》だ。

「それであんたたちはあぶれ手帳をとりあげて、ホームレスの仲間をあちこちでなぐりつけているんだな」

三人組の顔色が変わった。

「誰がそんなことを抜かした。いい加減なふかしをいれてるんじゃねえぞ」

今度は長髪の男がわめいていた。

「やめておけ、ユニコ」

男の動きがぴしりととまった。ノボはおれのほうをむいて、無表情にいう。

「いいか、ちゃんと警告したからな。この件をかぎまわるんじゃない。わかったな」

ノボはぐっとこぶしをにぎりこんだ。なにをするのだろうかと見ていると、おれではなく、手近にあったビニールシートハウスをなぐりつけた。段ボールにベニヤ、梱包用のバンドでつくられたジャモさんのハウスが、ばりばりと音をたてて壊されていった。

「やめてくれ」

ハウスのなかから悲鳴があがる。それでもノボはおれのほうをむいたまま、家を壊すのをやめなかった。

「おまえらもやれ」

ジャモさんが段ボールのなかからはいだしてくると、三人組は家を破壊しつくし、リヤカーを横転させた。最後に車輪を蹴りつけると、やつらは肩をそびやかして西口のほうへ去っていった。

ジャモさんは呆然《ぼうぜん》として、残骸になった家の横に立っていたが、散らばった生活用品を黙々と片し始めた。

「手伝うよ」

おれが手をだそうとすると、顔を腫らしたホームレスはぴしゃりといった。

「やめてくれ。もう二度とここに顔を見せないでくれ。あんたは疫病神《やくびょうがみ》だ」

そこまでいわれたら、おれにはなにもできなかった。

「おれのせいですまない」

まだ明るい秋の午後、足を引きずってうちの店に帰った。気分は最悪。だが、そんなときでも空は高く澄んで、ぽつぽつとのどかに羊雲を浮かべている。なぜおれたちはああして、ただ真っ白に漂っていられないのだろうか。人間なんて面倒なものだ。


家にもどって、店番を始めた。ＢＧＭはまたも憂鬱《ゆううつ》な子守唄のようなブラームスの間奏曲。一台のピアノに慰められることってあるよな。作曲家晩年のすべてをあきらめたような音楽は、そのときのおれの気分にぴったりだった。

おれは出始めの豊水や長十郎を売りながら、ずっと考えていた。三人組のホームレス、あぶれ手帳、日雇いの失業保険。なんだか一枚の絵になりそうだが、まだピースがひとつ足りないようだった。ホームレスから集められた手帳は誰がどうやって管理していて、毎日印紙を貼っているんだろうか。あの三人組にそんなことができるとも思えなかった。仮に二十人分の印紙が毎日必要としたら、それだけで三千五百円近い出費になる。第一特殊な印紙では、そう簡単にホームレスの手にはいるとは思えなかった。

おれは足りないピースについて考え続けたが、こたえなどそう簡単に浮かぶはずがなかった。間奏曲をきき、バラードとラプソディをきき、ピアノ協奏曲の一番と二番をきき、それでもまるでわからない。夜になると考えるのをやめて、すべてつぎの日にまわすことにした。ひと晩寝れば、いいアイディアも浮かぶだろうし、新しい調べごともできる。

おれが甘かったのだ。翌日には形勢は悪いほうに逆転していたのだから。


つぎの日は、朝からどんよりと雲の厚い空。関東南部では、またも局地的な豪雨という天気予報だった。おれはまたもリストの四件をまわっていく。今回はコンビニの手土産は、すこしランクダウンさせた。毎回デザートつきなんて、贅沢《ぜいたく》だからな。

南池袋の歩道橋したのガンさん、鬼子母神参道のスンさん、池袋大橋したのイーさん、びっくりガードのジャモさん。誰ひとりおれとは口をきいてくれなかった。ただのひと言もである。段ボールハウスから顔さえのぞかせてくれない。ジャモさんの家がきれいに修復されていたのが、せめてもの慰めだった。どうやら一日あれば、ああした簡易ハウスは簡単につくれるようだ。建築基準法などなければ、人はいくらでも自由に住めるものだ。

半日足を棒にして歩きまわったが、収穫はゼロ。おれはふらふらに疲れて、豪雨のなか店にもどった。傘をさしても、ジーンズはびしょびしょ。成果のない労働は、心と身体にこたえる。その日はブラームスの名曲のグールドによる名演もさっぱり胸にしみなかった。

さて、どうしたらいいんだろう。トラブルシューター、困難に直面す。


そうはいっても、おれには一枚のリスト以外に頼るものはなかった。つぎの日も、またつぎの日も、バカになってホームレス訪問を続けるしかできることはない。どんな人間でも毎日会っていると、だんだんと親しみがわいてくるものだ。口を開かせるには、北風より太陽に頼るほうがいい。

さすがにこのころになるとコンビニでおにぎりを買うのも面倒になった。うちの果物屋の売れ残りのデラウェアやスイカの四分の一なんかをもっていく。誰も相手にしてくれないなか、五日目にようやく口をきいてくれたのは、歩道橋の階段したに住むガンさんだった。

おれたちは西日のあたる明治通りのむかい側のビルを眺めながら、地面に座りスイカをくっていた。種は白いポリ袋のなかに吐く。あたりを不潔にしておくと、住民に通報されてその場所で住めなくなるのだ。清潔第一。

「なあ、マコトはこの事件が終わったら、もうこっちには顔をださなくなるのか」

そういうことになるのかもしれない。だが、捜査上そんなことはいえなかった。

「いや、たまには顔をだすよ」

ガンさんは半分白くなったあごひげをなでながら、ちらりとおれのほうを見た。なんでもお見通しという顔つき。

「こういう暮らしをしていて、なにが一番つらいかわかるか、マコト」

冬の寒さ、夏の暑さ、日々のくいものの確保だろうか。おれの頭には月並みなこたえしか浮かばない。

「わかんない」

ガンさんはなにかを吐くように笑っていった。

「そいつはな、毎日ひとりで誰にも話しかけることができないってことなんだ。雨が降ったら雨だねといい、暑かったら今日も暑いなという。それだけの会話さえ、誰ともできない。ここは公園と違って、ほかの仲間はいないからな」

ひとり切りで、都心でホームレスとして生きる。なんらかの事情があって、こういう生活の方法を選ばなければならなかったのだろうが、代償はおおきかった。これほど人があふれているのに、自分はそこには存在してはいない透明人間で、誰にもひと言も話しかけられないのだ。

「そいつはしんどそうだな」

「マコトがなにか調べごとのためでも、毎日こうして顔をだしてくれるのは、なんだかうれしかった。とはいえ、あぶれ手帳の話をするつもりはないんだがな。おれもまだこの街でもうしばらく生き延びたいからな」

ガンさんはそういうと豪快に笑って、まだ冷えているスイカにかぶりついた。おれも笑って、そろそろ季節の終わる水菓子をほお張る。なあ、誰かといっしょにスイカをくうのって、なかなかたのしいもんだよな。それはたとえ歩道橋のしただろうが、相手がホームレスだろうがかわらないよろこびだ。

だが、やつらがそんなささいなおたのしみを見逃すはずがなかったのだ。

そいつはおれのミス。

つぎの日、店番をしているとおれの携帯が鳴った。ヨウスケからだ。

「はい、こちら、マコト。別にそっちに報告するような新しい進展はないよ。あぶれ手帳でなにかわかったのか」

だいたい自分のほうに材料がないと、人間は攻撃的になるよな。もどってきた絆代表の声は切《せっ》羽《ぱ》詰《つま》っていた。

「そんなことよりガンさんが襲われた。左腕を折られたみたいだ」

おれは手にしていたはたきを放り投げた。携帯の送話口を押さえて、二階のおふくろに声を張る。

「ちょっと急用ができた。店番頼む」

おふくろの怒鳴り声がうえから降ってきたが、おれは気にしなかった。西一番街の歩道へ走りだしながら、ヨウスケにきいた。

「ガンさんは今どこだ」

「池袋病院。うちのスタッフが入院させた。すぐにマコトさんもいけるかな」

「ああ、もう走ってる」

池袋病院は東口だ。首都高速のわきにある中規模の総合病院である。

「ぼくもこれからすぐにむかうから、病室で落ちあおう」

「わかった」

走りながら携帯を切った。ウイロードを駆け抜け、三越わきの昼でも薄暗い道を走り、病院まではぼ五分で到着した。まだおれの足はなまっていないようだった。なにせいつおれだって襲撃されるかわからないのだ。逃げ足はとても重要。

ガンさんの病室は四人部屋だった。はいってすぐの右側のベッドで、ごま塩ひげのホームレスは上半身を起こしていた。顔にはなぐられた跡がある。片方の目は内出血を起こし、白目が赤く濁っていた。左腕は包帯を巻かれ、くびから三角巾でつられている。おれの顔を見ると、ガンさんはいった。

「見せしめにやられた。どうやら誰かがおれとマコトが話しているところを、やつらにちくったらしい」

三人組の顔があざやかに浮かぶ。おれはなにもいえずにベッドのわきで立ち尽くしていた。

「そうか。おれのせいですまない」

ガンさんは首を横に振った。

「いいや、おまえのせいじゃない。臆病だったおれが悪い。あんなやつらにいいようにさせていたんだからな」

ホームレスの目が強く光っていた。どうやらやつらは手をだしてはいけないタイプの人間に手をだしたらしい。ある者は暴力で黙るが、別な者は暴力に反抗する。人間の意地はバカにならない。

「おい、マコト。おれたちの世界の腐った話を、全部おまえに教えてやる。いいか」

ちょっと待ってくれとおれはいった。もうすぐ代表のヨウスケがくるし、四人部屋では長話はむずかしい。

十五分後、おれたちはシーツとタオルがはためく病院の屋上にいた。秋の透明な日ざしを浴びて、白い布が輝くように風に揺れている。ヨウスケとおれはガンさんの正面に座った。雨染みのついたコンクリートのうえだ。ガンさんは金網に背中をあずけて、しんどそうにしている。だが、闘志満々のホームレスの声は元気だ。

「今回の件の裏には、堅気の建設会社がからんでんだ。池袋本町にある城用建設。名前をきいたことないか。明治通りの地下鉄工事なんかに、ずいぶん日雇いをいれていたんだが」

おれはメモをとりながら、返事をした。

「いいや。けっこうでかい会社なのか」

「それほどでもねえよ。社員だって十数人というところじゃないか。その会社の社長、奥村って男が黒幕なんだよ。公共事業が減って、仕事がまわらなくなった。そこで思いついたのが……」

ヨウスケが口をはさんだ。

「あぶれ手帳の失業保険金詐欺」

ガンさんは鼻で息を吐いていった。

「そうだ。あれはもともと山谷《さんや》なんかで、暴力団がしのぎの手口にしていたもんなんだ。奥村がまずむこうからあの三人組を連れてきた。やつらは暴力団の手下になって、仲間を売っていやがった。同じあくどい手口で、池袋の仲間からあぶれ手帳を引きはがしていったのさ」

最後の足りないピースは建設会社だったのだ。おれは走り書きでメモをとりながらいった。

「だけど、あぶれ手帳は命のつぎに大事なものなんだろ。どうやって何十冊も集められるんだ」

ガンさんは折れていない右手で、ＯＫサインをつくってみせる。

「金だ。決まってるだろ」

おれは金とメモをとる。なんだか始終金の話を書いてる気がしてきた。

「あの三人組は最初は仲間思いのいいやつの振りをしていたんだ。ホームレスの暮らしにも意外に金がかかってな。病気になったり、仕事にあぶれたりしたときに、困っているやつらにほんの二、三千円の小金を貸しつけたのよ。いつ返してくれてもかまわないなんていいながらな」

あとはだいたい想像がついた。池袋には灰色から真っ黒の街金《マチキン》が山のようにある。

「人間は弱いもんでな、そんな甘いことをいわれると二回三回と借金が増えていく。あっというまに借金は何万円かのまとまった額になっちまう。普通の勤労者なら、別になんでもない金額だろうが、ホームレスにとっては大金だ」

どの世界にも悪知恵の働くやつがいるものだ。おれはいった。

「それである日突然金を返せといい始める」

ガンさんは首を縦に振った。

「そうだ。しかも金利はシュウイチでな」

トイチは十日間で一割、シュウイチなら週ごとに一割だ。雪ダルマ式に借金は増えて、すぐにとても返せる額ではなくなる。裏はわかったが、おれの声ははずまなかった。

「そこで借金のかたにあぶれ手帳をとりあげた。奥村と三人組には金がいくらでもつくれる魔法の手帳だ」

「そうだ。城用建設で架空の仕事をでっちあげ、一日働いたことにして手帳に印紙を貼る。二カ月後には印紙保険料の何十倍もの失業保険がはいってくる。しかも、やつらはハローワークへの受けとりに当人をいかせた。その場で金をとりあげ、千円札二、三枚の駄賃をやって、それでおしまいだ」

　おれはメモ帳を閉じていった。

「だったら話は簡単だ。ガンさんが警察に届けでて、今の話をするだけで、城用建設も三人組もアウトだ。失業保険の詐欺でも悪質なら実刑になる。それでこの街のホームレスにも平和がもどってくるだろう」

　おれがそういうと、ガンさんとヨウスケの顔が暗くなった。秋の空には雲ひとつないのに、おかしな話。


「やっぱりマコトはわかってねえな。健全な市民は警察が怖くないだろうが、おれたちは違うんだよ。うちらの仲間のなかには、まだ手配がかかっている者もいるかもしれないし、警察とは誰もかかわりたくないんだ。しかも、今回は形のうえだけだが、失業保険詐欺の片棒を担いでいるようなもんだろ。おれだって、サツでこんなには歌えねえよ」

　確かにそのとおりだった。おれは白いシーツの壁を眺めた。布が一枚あるだけで、むこうの世界がまるで見えなくなる。おれたちが住んでいる社会のようだ。ヨウスケがいった。

「ぼくは事件が解決したあとのほうが心配です。役所と警察が協力して、街の正常化を押しすすめるかもしれない。そうなるとこの街のホームレスは、さらに生きづらさを増していくでしょう」

おれは日ざしを浴びてあたたかくなった病院の屋上に倒れこんだ。空は青く高い。秋になって透明度があがったようだ。あそこから見たら、空気の底に生きている人間など、ホームレスでもそうでなくても塵《ちり》みたいなものだろう。

「だったら、どうすればいいんだ。警察や役所を介入させないで、おれたちだけで解決できる問題なのか。こいつはれっきとした犯罪なんだぞ」

ヨウスケの声は切なかった。

「それがわからないから、困っているんだ。マコトさん、なにかいい考えはない？」

なぜ、世のなかのガキは考えにつまると、おれにすべての問題を押しつけるのだろうか。なんだかひどく不公平だ。だが、そこで問題を投げだせないのが、おれの悪い癖。頭のなかにはアイディアのかけらもないのに、おれは胸をたたいていた。

「わかった。おれがなんとかする」

お調子者は救われない。バカは学習しない。性格と音楽の趣味のいい知的な男は女にもてない。おれはそろそろ主役の座をおりたくなった。


その場で解散して、店番にもどることにした。

むかっ腹が立ってたまらなかった。なぜ被害者のほうがこそこそして、悪党がのうのうと暮らしていたのだろうか。そのまま西一番街に帰るのは気がすすまなかったので、城用建設を見学にいくことにした。住所はわかっている。池袋本町は川越街道の北にある静かな文教地区だった。豊島学院や東京交通短大や昭和鉄道高校なんかがある。

城用建設のビルはすぐに見つかった。周囲は普通のマンションや一軒家なんだが、そこになぜか真っ白いビルが建っているのだ。正面玄関にはギリシャ神殿みたいなセンスのない円柱が四本も並んでいる。そのうしろにあるのはごく普通の四階建ての古いビルなんだがな。手まえの駐車場には、ひとモデルまえのメルセデスのＳクラスと、ライトバンが二台おいてあった。

おれはとおりのむかいのガードレールに座り、三十分ほど建物を眺めていた。人のでいりはまったくといっていいほどない。制服姿（タイトスカートっていいよな）のＯＬが近所のコンビニになにかを買いにいったくらい。帰り際のおれの印象は単純。

なんて見栄っ張りな会社。

いや、解決策なんていつだって簡単なものだよな。ヒントはその印象にあったんだから。もっともおれはそのときなにも気づいていなかったので、いらいらとしながらうちに帰り、その日は一日いらいらしながら店番をした。


人間のもつ資質のなかで、きちんとものごとを待てるというのは、かなり上位にあるものだ。あきらめないで、待つ。別になにもしなくてもいいんだ。待つだけで、事態が変わることもある。

翌日の朝、おれの頭には目を覚ましたとたん、ひとつの言葉が輝いていた。

（見栄っ張り！）

おれはすぐにヨウスケに電話をかけた。眠そうな声で代表はいった。

「どうしたの、マコトさん、いいアイディアでも浮かんだ？」

そうだといった。

「なあ、ヨウスケのところの力で、ホームレスのみんなに動員をかけられないかな」

「どういうこと」

おれはにやりと笑ってしまった。

「だからさ、団体交渉だよ。あぶれ手帳をとり返すためのな」

「だったら、炊きだしのあとがいいんじゃないかな。その足でみんなを連れていけばいい。でも、いったいどこにいくの」

「城用建設」

それから、おれたちは打ちあわせにはいった。なるべく多くのホームレスをあの住宅街に集合させること。成否の分かれ目はそこにある。仮に一回で団交が決裂しても、何度でも繰り返せばいいのだ。なにせ、むこうはうしろめたいことがあるので、簡単に警察なんて呼べないからな。周囲に住む健全な市民に警察に通報されても困ることだろう。

まあ、そのときはそのときで、全部ぶちまけてしまえばそれでいいんだけど。


その日の午後、おれはまたもスイカをもって池袋病院に見舞いにいった。ベッドわきでくいながら、ガンさんに話しかけた。

「なあ、ガンさんに頼みたいことがある。今度の火曜日の炊きだしで演説してくれないか。おれ、メガホンもっていくからさ」

ホームレスのおやじはおかしな顔をした。

「なんでそんなことやらなくちゃいけねえんだ」

「警察の手を借りずに、あぶれ手帳をとりもどすため。あんな三人組がのさばってるのは、ガンさんだって嫌だろう。あいつらは城用建設と切れてしまえば、ただの図体のでかい間抜けにすぎないんだ」

ガンさんの目の奥でなにかが動いたようだった。

「やつらをどうやってはめるんだ。おもしろそうだな。話をきかせろ」

おれは東池袋中央公園から、池袋本町までの家なき者たちのパレードの話をした。うんと目立ったほうがいいし、勝手に盛りあがってもらいたいと。ガンさんはおしまいにいった。

「なんだか、妙なことになってきやがったな。いつも人目につくことを怖がってるおれたちが、うんと派手なパフォーマンスをするのか」

「そうだよ。どっこい生きてるってところを見せつけてやってくれ」

「わかった。おれの仲間の何人かに根まわししとくからな。火曜に会おう。衣装も用意しておく」

おれは衣装がなんだかわからなかったが、適当にうなずいておいた。せっかくその気になったのに水をさすのは、気がすすまなかったから。

帰り道、キングに電話した。団体交渉の当日、あの三人組が暴れだすと面倒だから、いちおうホームレスのボディガードを頼んだのである。まあ、白昼で衆人環視だから、暴力的な展開になることはあまり考えられなかったが、それでも念のためだ。

おれは池袋の街で心安らかな時間をすごし、運命の火曜日を待った。


秋晴れの火曜日、東池袋中央公園に昼まえからでかけた。今回のメニューは定番のカレーライスだった。公園でかぐカレーのにおいって最高だよな。炊きだしを始めるまえに、絆の代表が前回の倍はある行列にむかってメガホンを使用した。

「これから今日のフリーランチを配ります。ですが、そのまえにひとつ話をきいてください。食後にみなさんにお手伝いしてほしいことがあるんです。それはここにいる仲間の権利を守るための団体行動です。では、ガンさん、どうぞ」

ガンさんが右手にメガホンをにぎった。左手は白い布でつられている。

「この腕は、ノボの野郎にやられちまった。折れてんだ。ここにいる仲間のなかにも、あいつらに痛めつけられた人間がたくさんいるだろう。だが、身体が少々痛んだくらいなんだっていうんだ。そんなことより、あんなやつらに好きなようにやられて、おまえたちの胸は傷つかないのか」

そうだ、そうだという声があがった。ガンさんが仕こんだホームレスのサクラだ。

「あれっぽっちの借金のかたに、命のつぎに大切なあぶれ手帳まで奪われて、いいように失業保険詐欺の片棒を担がされる。それでおまえたちは満足なのか。ホームレスだって、人間だ。人間の誇りはどうした。家がないくらいで、誇りまでなくすんじゃない」

ガンさんはたいした役者だった。今度のそうだ、そうだという声には、サクラ以外の男たちの野太い声も混じっている。

「いいか、おれたちは今日の午後、有志で本町の城用建設に押しかけるつもりだ。やつらだって詐欺を働いてるから、サツに通報はできねえ。いうべきことをしっかりいって、やつらからあぶれ手帳をとり返そう。おい、手帳をやつらにとりあげられたやつ、手をあげろ」

百人ほどいる行列の半分ほどがのろのろと手をあげた。

「おまえたち、自分の手帳をとり返したいか。どうなんだ」

最初はおうというちいさな声だった。ガンさんは天性のアジテーターだった。

「きこえねえよ。腹から声をだしてみろ。自分のものを自分の手にとり返すだけなんだぞ。あたりまえのことじゃねえか」

何度かのコール&レスポンスが繰り返されて、家なき者たちの叫びは公園の木々を揺するほどになった。これでいいだろう。あとはカレーライスをくって出発だ。

おれの横で見ていたタカシが笑っていった。

「いや、おもしろい。ほんとにマコトといっしょだと、人生あきないな」

おれは胸に手をあてて、臣下の礼をとった。

「あたりまえだろ、タカシ。おれはこの街一番のピエロだからな」

公園をでるまえに予想外のハプニングがひとつ。なんでもホームレスのなかには古着の専門家がいるのだという。あちこちに落ちている服を拾っては、問屋のように仲間に売りさばくのだ。ガンさんがホームレスの古着屋に声をかけて、集まった服は台車に二台分。どれも派手な色の秋ものである。

赤、青、白、黄、緑に橙《だいだい》。昼めしを終えたホームレスたちは、思いおもいの服を選んで、派手に着飾った。日に焼けた顔に無精ひげ、なかにはスキンヘッドや肩まで届く長髪もいる。見事にふぞろいのパレードだった。

最後におれがメガホンをつかった。

「さあて、みんなで出発しよう。目的地は、池袋本町の城用建設。ただし、くれぐれも手はださないこと。でも、目立つ分にはいくら目立ってもいいから、みんな好きなように派手にやってくれ」

おれたちはとんでもなく貧しい国のオリンピック代表のように、都心の公園を胸を張ってでていった。秋の空は快晴。日ざしはすべての色をいきいきと輝かせる透明さ。足りないものはなにもない、そんなふうに感じることって、ごくたまにだけどあるよな。そのときのおれはグリーン大通りを通行人の注目を集めて歩きながら、そんなふうに感じていた。

世はすべて完璧だ。

十五分ほどであの白い柱のまえに到着した。ガンさんがメガホンで叫んだ。

「おい、奥村でてこい」

ブラインドのすきまから、何人かの社員がこちらをのぞいていた。おれたちのほうは六十人くらいだろうか。カラフルな古着を着たホームレスが、静かな住宅街にそれだけ出現したのだ。近くの一軒家では玄関まえで遊んでいた子どもを、家のなかにいれている。

誰かが手拍子を開始した。

「返せ、返せ、手帳を返せ」

お調子者のひとりが琉球舞踊のようにてのひらをくるくるとまわしながら、アスファルトのうえで踊りだした。おーい、酒かってこいと誰かが叫んでいる。タカシがおれの耳元でいった。

「さて、この騒動に何分耐えられるかな」

おれはじっくりと周囲を観察していた。圧力がかかった人間の行動は、一瞬で暴発することがある。注意をおこたるわけにはいかなかった。


予想外だったのは建設会社のほうでなく、あの三人組だった。白い社屋はひっそりと静かなのに、二十分ほどしていきなりタクシーが目のまえにとまったのだ。奥村から電話で呼びだされたのかもしれない。クルマからおりると、ノボがいきなり叫んだ。

「なんだ、おまえたち。借金があるのを忘れたのか」

ガンさんがメガホンでいい返した。

「おれはおまえに借金なんかねえ。ここにいる仲間も失業保険で、何倍にもして返しているはずだ。おかしいというなら、さっさと警察を呼べ」

カラフルなホームレスの隊列に、肩幅の広い坊主頭が突撃した。タカシが指をはじくと、Gボーイズの精鋭が三人がかりでやつを押さえこんだ。手首と足首を拘束用のプラスチックコードでぱちんととめてしまう。陸《おか》にあがったマグロだ。

「いいか、こんなことをしてただですむと思うなよ」

ノボの脅しの言葉も、目がおびえているのでは威力半減だった。こちらには六十人のホームレスとおまけのGボーイズがいる。対するやつらは残りふたりだけ。そのあいだも手拍子と喚声は続いている。

「返せ、返せ、手帳を返せ」


最後の砦《とりで》も一時間はもたなかった。奥村という社長は、どこかで見たことのあるような小太りの中年男。毛糸のベストを着て、サンダルばきで階段をおりてくる姿を見ていて、はっと気がついた。この男は食品偽装をする会社の社長のような印象なのだ。こずるい社長というのは、みなどこか似てくるのかもしれない。きっと自分の会社では、ワンマンなのだろう。おれはガンさんから、メガホンを受けとった。

「あんたが奥村社長だな。あぶれ手帳の失業保険詐欺のからくりはすべてわかっている。だが、ここにいるみんなは心優しくてな。警察に駆けこむのは気がすすまないそうだ」

奥村の声は情けなかった。

「急に押しかけてきて、いったいなんの騒ぎなんだ。頼むから、今日のところは帰ってくれ。手帳なら、ちゃんと返すから」

とても信用できる男には見えなかった。とりあえずこの場をしのいで、あとで作戦を練ろう。そんな雰囲気。おれは携帯電話を抜いた。

「ダメだ。ここで即座に手帳を返却しなければ、すぐに警察に通報する。悪質な詐欺だから、あんたも何年か刑務所にくらいこむだろうし、この会社だって倒産するだろうな。公共事業もペナルティで誰もつかってくれなくなる」

社長の顔が青ざめた。事実だから、しかたない。

「ちょっと待ってくれ。わたしはここにいるみなさんのために代わりに手帳を管理しているだけで、別に詐欺なんてしていない。ちょっと勘違いしているみたいだな、みなさんがたは」

ホームレスをみなさんと呼んだのは、間違いなく初めてのことだろう。

「じゃあ、その管理も今日で終わりだ。さっさと手帳を返してくれよ。元はといえば、みんなのものだろう」

おれはボランティアの代表を振りむいた。ヨウスケはデジタルのビデオカメラをまわしている。

「あんたがすぐに返さないのなら、今すぐ警察に電話して、このテープはテレビ局に売ることにする。あんたの顔も、この会社もたっぷり映っているぞ。どうする、あと三十秒だけ考える時間をやる」

ノボが叫んでいた。

「待ってくれ、社長。こんなやつらのいうことをきくことなんかねえ」

怒気をふくんだ声で奥村はいった。

「やかましい。おまえたちがやりすぎたんだろうが」

おれは携帯電話の時計を見ながらいった。

「あと二十秒……十秒……」

もし奥村が折れないようなら、おれはほんとうに電話をしようと思っていた。発信ボタンに指をかけたとき、小太りの社長はがくりと肩を落としていった。

「わかった。手帳を返す。通報はやめてくれ」

色とりどりのホームレスが歓声をあげた。ぴょんぴょんと飛び跳ねているやつもいる。

「そこの三人組をつかって、あとで仕返しをするなよ。そのときはまた警察の出番だからな」

「わかった」

うなずくと奥村社長が携帯電話を開いた。手帳をもってくるように部下に指示をだしたようだ。

ノボは悔しそうだったが、じっとおれをにらむと去っていった。ここでできることはなにもないと、やつの足りない頭でもよくわかったのだろう。


返却された日雇労働被保険者手帳は、全部で五十二冊だった。白手帳の名前のとおり、表紙は清潔な白だ。おれたちのパレードは再び東池袋中央公園を目指して、行進を開始した。手帳さえもどれば、もうこんな会社に用はない。

その日は明るいうちから、公園で酒盛りになった。おれはこの街のホームレス数十人と友人になった。話をすればみんな、普通の男たちばかりだった。なかにはちょっとにおうやつもいるが、誰だってすこしくらいはにおうよな。

その夜おれは泥のように酔っ払って店に帰り、盛大におふくろにしかられた。店じまいはGボーイズの精鋭のおかげで、指示するだけですんだ。今度からトラブルだけでなく、うちの店の用事も頼もうかな。そういうと、タカシは氷の糸のような視線でおれを見た。


さて、ここから先はすべてが終わったあとの報告。

絆は秋が深まっても、まだ火曜日の炊きだしを続けている。おれも招かれて、フルーツの手土産をもっていき、何度かご馳走になった。肉じゃがにトン汁にミネストローネ。どれも街のレストランに負けないおいしさだった。ヨウスケは当然代表のままだが、おれに絆にはいれとうるさい。警備および調査部門の責任者の席を空けておいてくれるという。でも、まだ返事はしていない。おれはどんなにゆるい組織でも、組織というのは苦手だ。

ガンさんとの約束は、だらだらと守ることになった。おれはいまだに腐りかけのフルーツをもって、南池袋の歩道橋のしたにいくことがある。初老のごま塩ひげのおやじと、芯に蜜のさしたフジをくう秋の夕方。通行人は親子連れのホームレスでも見つけたように、おれたちのことを無視していく。だが、おれはまったく気にならない。

なにせ人間の誇りってやつは、そいつが住む家で計れるようなものじゃない。それは秋の公園で、左腕を折られたガッツあるおやじが演説したとおりだ。

出会い系サンタクロース

情報も物もあふれている現代に、一番足りないものはなんだかしってるかい？

そいつに関しては、若い女も男も口をそろえて、同じこたえをいうのだ。おかげで誰もがクリスマスを間近に控え、ひとりぼっちだと嘆いている。そいつはヒルズのブランドショップにも、庶民の味方の百円ショップにも売ってはいない。日常生活のなかではほとんどお目にかからず、どこにいけば見つかるか誰もしらない。

わかるかな、こたえは「出会い」だ。

もちろん、みんな出会いを求めて、けっこう必死にがんばっている。おしゃれや流行、イベントやレストラン、ついでに女受けする格安ラブホまで、ネットや情報誌でこまめにチェックしてるのに、ぜんぜん肝心なネタをつかう状況にならない。

いまやおれたちの国では、三十代なかばまでの男の七割近く、女の五割近くは独身だ。おれもまだひとり身だから偉そうなことはいえないが、このままますすめば社会学者の予測する少子化社会など、おお甘の未来予測になることだろう。なにせ人口の半分近くが生涯独身で、子どもをつくらずに死んでいくんだからな。

人と人が出会うことが、こんなに困難な時代になぜなってしまったのだろう。豊かになれば幸福になれると、日本人は一丸になってがんばってきた。その豊かさの先に、ひとりぼっちで生きて死ぬほうがましだと考えるガキが大量発生する。世界はいつも逆立ちしてるよな。

今回のおれの話は、その出会いがネタだ。もっとも池袋みたいに汚れた街では、そいつはきれいな韓流ラブストーリーみたいには決まらない。金になるなら出会いでも純愛でも、フェイクでいくらでも用意する悪質な業者がたくさんいるからね。だが、その出会いの形が一時間四千円で設定されていたとはいえ、そこで起きたことは曇りのないピュアな純愛だった。

勘違いしないでもらいたいが、出会い系にはまったのは、おれじゃなくておれのクライアント。サンタクロースみたいな体型をした彼女いない歴二十八年のサラリーマンだ。今回はそいつが最低の業者から、なぜかプリンセスを紹介されるハッピーエンドの物語。おれもやつを見習って、いつか出会い系を試してみるのもいいかもしれない。

出会いなんて、だいたいは最低の場所に転がってるに決まっているのだ。

みんな立派な場所ばかり探しすぎ。


あたたかな十二月、おれはすこし経済の勉強をしていた。

なにせほんの三月まえに起きたリーマン・ショックで、世界の経済地図は塗り替えられてしまった。しがない池袋の果物屋の店番は、当然株なんてひと株ももっていなかった。そうなると、市場の大暴落も実に痛快な見もの。久々の大スペクタクルだ。

いつもながら店はヒマだし、この街にはおれの力を必要とするような知的に困難で、ファッショナブルなトラブルもない。ためこんだ小銭でミニ株投資でもしてみようと思ったのだ。プロの投資銀行や機関投資家たちが、市場から震えて逃げだしている。そういうときこそ、どんな世界でも勇気のある個人の出番だ。

おれが店先で、このまま買った百円パソコンで日経平均（どん底の八千円割れ！）を確かめていると、丸々と太った声がした。なぜか、声にもやせた声と太った声があるよな。

「あの、真島誠さんはいらっしゃいますか」

ストリートの投資家は顔をあげた。その先にはツープライスストアで買った２９８のスーツを着た太った会社員。胸より腹のほうがでてるなんて、まだ若いのにたるみすぎ。

「おれがマコトだけど」

「そうなんですか」

暑苦しい声でやつはいった。どうやらがっかりしたようだ。なぜかおれの依頼人はみな、最初におれを見るとそういう態度をとる。みな人を見る目がないのだ。

「あんた、どこの会社の人？　おれに用があるのか」

さすがに会社員で、その太っちょはそつがなかった。手近なグレープフルーツを二個とりあげて、店の奥にむかってくる。これで依頼は不成立でも、うちの店に小銭ははいってくる。白いポリ袋にいれて渡した。

「三百円な、毎度」

千円札をだして、やつはいった。

「真島さんは池袋の有名なトラブルシューターなんですよね」

こういうときはお礼にグレープフルーツをただにするべきだろうか。

「まあ、そんなもんだけど、用件があるなら……」

やつは切羽詰った声で、おれをさえぎった。

「お願いです。池袋で困ってる女の子がいるんです。いい子なんです。アヤちゃんはあとひと押しで、むこう側に転げ落ちてしまう。助けてください。わたしは桐原秀人ともうします。お願いします」

いきなり手をにぎられた。なんだか池袋のマザー・テレサにでもなった気分だ。太った会社員はその場にひざまずいて、つり銭をもったおれの手にキスしそうになったのである。

「わかったから、ちょっと店先で変なことすんなよ」

おれはやつの手を振り切って、二階にいるおふくろに声をかけた。店をでて、西一番街の路上にもどる。やっぱりこの街はこうでなくちゃ。株価のチャートだけ見ているなんて、おれには退屈すぎる。


ウエストゲートパークはさすがに寒いので、ロサ会館近くのカフェにはいった。なぜ潰れないのか不思議になる独立系の喫茶店。池袋にはこの手の個人商店がたくさん残っている。この街は東京のなかの田舎なんだ。

「さてと、話をきかせてもらおうか」

「だせる限りはだしますけど、わたしはあまりもちあわせがなくて」

　サラリーマンらしい心配だった。

「おれの噂、ほんとはよくきいてないみたいだな。基本的に経費以外はいらないから。ただし、それにはあんたの事件がおもしろくないとダメ。浮気調査とか、取引先の信用調査とかはしないんだ。おれのことはマコトって呼んでくれ」

　太っている人間は暑がりなんだろうか、十二月でもやつはアイスコーヒーだった。そいつをごくごくのみほして、ヒデトはいった。

「真島さん、いや、マコトさんは出会い系喫茶とか、出会い部屋とかしってますか。池袋にも何店舗かあって、一番有名なのがカプルスっていうんですけど」

「ぜんぜんわかんない」

　おれの風俗苦手は、昔から変わらない。まったくサブプライムローンとかＣＤＳとか、出会いカフェとか意味不明な単語の多い時代だ。


　ヒデトの話を簡単にまとめるとこんな感じ。

「カプルス」は東京中に十二店のネットワークをもつ出会い部屋のメジャーだという。池袋では東口の風俗街の雑居ビルのなかにあるんだそうだ。普通のマンションを改造して、カプセルホテルくらいのおおきさの細かな部屋をたくさんつくる。そこを客に時間単位で貸すのが主な業務。

入会金は五千円、あとは一時間毎に四千円が基本料金だ。客はそこで「素人」の女の子がやってくるのを待つというシステム。

　考えてみたら、カプセルホテルなみのスペースで、ラブホテルと同じ売上が期待できるのだから、まったく悪くない話。しかも、いわゆる風俗業とも違うらしい。


「でもさ、ほんとにそんなに都合よく素人の女が、出会い系なんかに集まるのか」

　ヒデトは暖房のきいたカフェで汗をかいていた。

「いや、それは客のほうもわかってるんです。今は素人なんて、どこにもいない時代ですから。店から素人のはずの女の子にもどすのは、客から受けとった半額の一時間二千円。きてる子たちは、みんなアルバイトです。まあ、たまにはほんとの素人も迷いこんでくるみたいですけど」

　今度はおれが冷たい水をのむ番だった。なぜか男には素人という言葉がきくんだよな。一時間四千円でお話だけというのがちょっと高い気がしたけれど、そういうことなら悪くないのかもしれない。キャバクラだったら、もっと金がかかるし、あちらも結局はホステスと話をする時間を買っているのだ。

　ただし、このデフレ時代である。実質的なＣＰの高いサービスを求める声もあるんじゃないだろうか。いや、これは単なる好奇心だけど。

「あのさ、そういうところで、本番とかさせろって、みんないわないの」

　悪いな、おれの言葉がストレートで。ヒデトは妙にうれしそうだった。

「そういう場合は、ちゃんとお金の交渉になるんです。壁が薄いし、シャワーもないから、出会い部屋のなかでの本番はむずかしいんじゃないですか。なかには大胆な人もいるんでしょうけど、そういう気配はなかったです。わたしはずいぶんかよったけれど。壁が薄くて、すぐとなりに別な客がいますから」

　ふーん、自分で交渉して身体を売るというのなら、ちゃんとプロなのだろう。おれは想像してみた。蜂の巣のような小部屋で、昼間から女がやってくるのを待つ男たち。都会のアリジゴクのようなものだろうか。

　だが、そこでエサになるのは、一時間四千円を払う男たちなのか、バイト料のうえに身体を売る代価まで得る女たちなのだろうか。

　東京では食物連鎖も複雑だ。

「あんた、さっきアヤとかいってたよね。その子は、どっちのほう?」

　ヒデトは太った声で憤然といった。

「もちろん、彼女は身体なんて売ってないですよ」

　ひとつおいたテーブルでお茶をしていた主婦ふたりがこちらのほうをじっと見ていた。おれは声を抑えていった。

「あのさ、あんまり興奮すんなよ。池袋みたいな街でも、売春はいちおう違法なんだからな。アヤのことを話してくれ」

街のどこにでもあふれていることが建前上は犯罪になる。それが文明というものだ。ヒデトの顔がゆるんだ。人間って気がゆるむと、ほんとに目じりがさがって、鼻のしたが伸びるものなんだな。ヒデトの場合はおまけにあごのしたの脂肪が、二重から三重になったけれど。

「アヤちゃんは、いい子です」

「はいはい」

おれはしばらくやつの言葉の続きをまった。だが、ぜんぜん返事が返ってこない。どうなってんだ、この会社員。

「おい、なんなんだよ」

返事ができないのも無理はなかった。ヒデトはたるみ切った表情で、なぜか涙ぐんでいたのだ。おれは失恋したオットセイを考えた。あの海獣のほうが、もうすこし相手をしやすいかもしれない。

「すみません。思いだしたら、かわいそうになって」

「で、その子の名前は」

おれはポケットから、ちいさな手帳と万年筆をとりだした。そろそろ本題にはいらなくちゃいけない。

女の名前は、斉藤彩。

ヒデトはそれが本名かどうか、しらないといった。やつも「カプルス」では、本名をなのっていないという。

「じゃあ、入会とかには身分証明書は必要ないんだな」

ここは重要なポイントだ。最近ではどんな風俗も会員になるには身分証明が必要になっている。テレクラやネットの出会い系は明らかにそうだ。風俗のようで、風俗でない。出会いを提供するが、その先は個人のフィーリングと交渉にゆだねる。なるほど絶妙なニッチを突いてきたわけだ。すぐに東京中に支店ができるのも無理はない。

「ですけど、やっぱり店としては、一時間四千円だけだとうまみが薄いんです」

おれは利潤の極大化と書く。資本主義の本能だ。

「どういう意味?」

ヒデトはあたりを気にしてから、声をさげた。きっとまた売春関連の話だろう。

「わたしはこの夏から半年で三十回くらいは『カプルス』池袋店にかよいましたが、だいたいはっきりと割り切った交際をもちかけてくるのは、女の子の三割くらいでした」

プロの比率は三〇パーセント。どうでもいいが、つい好奇心できいてしまった。

「相場はどれくらい」

「ルックスと年齢によってまちまちなんですが、だいたいはホテル代別で大二枚」

大二とおれ。なんだかだんだんスポーツ新聞の風俗ページみたいになってきた。ヒデトもそれで調子にのったらしい。

「『カプルス』も店のある街によって、ぜんぜん雰囲気が変わるんですよ。巣鴨店は中年の主婦ばっかりだし、新橋店はＯＬが多いし、秋葉原店はオタクの子ばかりなんです。なかにはこんなにかわいい子がなんてこともありましたし、着ぐるみは脱いでくれなんて太ったおばちゃんもいたりして……」

ヒデトは遠い目をしていた。この夏の冒険を回想しているのだろう。ある意味しあわせなやつ。おれは男の回想には冷たい。

「いい加減、アヤの話にもどしてくんない」

「あっ、すみません、マコトさん。アヤちゃんは今二十四歳です」

自称二十四歳と書いて、おれはいった。

「で、彼女はまだ身体を売ってはいない」

ヒデトは今度は真剣な顔でうなずいた。いきなり右手をあげて、大声をだす。

「すみませーん、アイスコーヒーもうひとつ」

なんだか憎めないデブだった。

新しいコーヒーに口をつけた会社員は、声の調子まで変わっている。ビジネスモードというより真剣モード。

「あの人は自分の意思で、『カプルス』にきているわけじゃないんです。昼は高田馬場にある中堅の専門商社で、事務のOLをしてるんですが」

ほんとうだろうか。おれは質問でさえぎった。

「どんな業種の専門商社なんだ」

「ＩＣやメモリの輸出入だそうです。主な取引先は台湾とシンガポール」

普通のフリーターがとっさにこたえられる内容ではなかった。アヤはほんものの商社ＯＬなのかもしれない。

「だけど、出会い系だって、アルバイトなんだろ。自分からすすんで店にいかなければ、始まらないはずだ」

ヒデトは悔しそうにうなずいた。

「ええ、そうです。あの手の店は風俗ではないから、警察の許可もとっていないし、かといって酔っ払ったクレーマーみたいな客も断るわけにはいかない。それで、こっちのほうと裏でつながっていて」

池袋だけでなく、日本中の夜の街によくあるバカげた話。先にこたえを書きながらいった。

「どこかの組にみかじめを払っている」

「ああ、そうです、そうです。みかじめ料っていうんですよね。あのセコムとか、アルソックみたいな」

それはぜんぜん問題が違うだろう。警備会社の関係者はがっかりするかもしれない。まあ、トラブルが発生したらおっとり刀でやってくるという意味では、どちらの仕事もよく似ているけれど。どこかの組織とアヤとはつながりがある。おれはそうメモした。

「金だよな」

どんな問題のこたえにもあてはまる万能の鍵を投げてやった。ヒデトはあっさりとうなずいた。

「はい、でもその金は、アヤちゃんの母親の借金なんです」

また話がこんがらがってきた。おれは手帳の新しいページを開いた。

ヒデトによると、アヤの母親は女手ひとつでアヤを育てあげたという。おかしくなったのは、アヤが短大をでて働くようになってからだ。毎月きちんと生活費をいれるようになると、悪い遊びを覚えた。

パチスロ。

たまたま最初に打って、ビギナーズラックで二十万ほど勝ったのが、まずかったらしい。今では昼は規制の厳しくなった現行機で打ち、夜は一攫千金《いっかくせんきん》の違法マシンをおく闇スロの店で打つ。

「それじゃ、金なんていくらあっても足りるはずないな」

一番わかりやすい転落の図式。だが、日本中でいったい何万の人間が、毎年パチンコとパチスロで転落していくことか。

「アヤちゃんの母親は、悪い筋の金に手をだしました」

「うーん」

もう返事の必要はなかった。そちらの世界の借金には理屈はとおらない。取り立てもギリギリの厳しさだったことだろう。都市銀行のような表の金融機関でさえ、取り立てのときはかなりのことをやる。だいたい無限責任の連帯保証人なんて、奴隷制度そのもの。

「闇金はアヤちゃんに母親の借金を返すよう迫ってきました」

「それで、自分たちのしっている店に声をかけ、働かせ始めた」

ヒデトは二杯目のアイスコーヒーに大量のガムシロップを投入した。黒い液体の底で、透明な渦が起きている。

「はい。彼女のバイト代はすべて借金の返済にまわっているんですが、それでも足りなくて今度は身体を売るようにって圧力をかけられています。客をとると、店にキックバックしなくちゃいけないシステムで、そっちのほうが早く借金を返せるからって」

また涙目になる。この男はいったいどういうやつなんだろうか。

おれはそこで、もっとも大切な質問を放った。

「あんたとアヤの関係って、どういう関係？」

おれはつぎの瞬間、もっとも見たくないものを見せつけられた。三十路《みそじ》手前の男が、頬を赤らめる場面である。

「それは、その……」

うんざりだ。もうこの街で探偵を続ける気がなくなった。


相手の頭をクールダウンさせるために、冷水のようなひと言をかける。

「大二枚でやっちゃったの？」

ヒデトは周囲を見まわした。誰もおれたちのテーブルになど興味はもっていない。

「やってなんか、いませんよ。毎回指名はしてるけど」

「じゃあ、アヤはあんたの恋人ではないんだな。あんたはただ好意をもっている客にすぎない」

　事実はいつの時代も残酷だった。もてない男のほれた女が危機に直面している。男はなんとか女を救い、結局男は手ひどく振られる。おれの好きなタイプのストーリーだった。それで女が美人なら、文句なし。おれは手帳を閉じていった。

「わかったよ。じゃあ、おれのほうでもちょっと調べてみる。金ちょうだい」

　右手をさしだす。

「だって、さっきお金はいらないといったじゃないですか」

「そうはいったけど、『カプルス』にいって、アヤに話をきかなくちゃ始まらないだろ。とりあえず、大二枚」

　ヒデトは顔をくしゃくしゃにして、悲鳴のような声をだした。

「そんなお金、今もってないですよ」

「じゃあ、いっしょにＡＴＭいこう」

　なんだか、おれ自身が闇金業者になったみたい。たまにはこういうのもたのしい。

　西一番街のカラータイルのうえで、太っちょの会社員と別れた。

　おれの手には二枚の一万円札。あとはアヤの出勤状況を追加した手帳。昼間は働いているから、アヤは毎日午後七時から閉店の十一時まで、「カプルス」につめているそうだ。一日のバイト代は八千円になる。だが母親の借金が数百万あるなら、闇の世界の金利では元本は減らず、借金の山が増え続けるだけだろう。この世界にはかかわりあいになってはいけない金融機関というのがあるよな。まあ、世界中のヘッジファンドなんてのも、同じようなものかもしれない。

おれは果物屋にもどり、店先でかける音楽を選んだ。街は十二月、クリスマスソングの定番クラシックというと、やはりバッハ。とくにクリスマス・オラトリオだろうが、今年は別のいいCDがでていたのだ。

マグダレーナ・コジェナーの「ヘンデル・アリア集」。とくに四曲目の「エジプトのジューリオ・チェーザレ」からのセスト役のアリア「希望がこの心を照らしつつある」をきいてみてくれ。きっと世界金融危機もなんとか切り抜けられるという静かな勇気が湧いてくるから。

おれは熱をもった無色透明なガラス管のようなコジェナーのメゾ・ソプラノをききながら、携帯電話を開いた。この街の風俗のことをききたいなら、やっぱりプロがいいからな。


サルはなぜか最初から、不機嫌。

「ああ、マコトか。なんだよ」

いつも自信満々の羽沢組本部長代行とは思えなかった。

「どうしたんだ。元気ないな」

サルの声は皮肉に沈んでいる。

「ああ、こっちの世界も同じなんだよな。かたぎのほうと」

「しのぎがきつい？」

それはおれも感じていたことだった。

「ああ、おまえのとこの果物屋も九月のなかばからこっち、ぜんぜんダメだろ」

そのとおりだった。毎日日経平均が千円ずつ暴落したら、誰だってひとつ五千円のメロンなんて買わなくなる。

「そっちもダメなのか」

「ああ、ギャンブル、飲食、風俗、裏も表もみんなダメだな。どこも客足が三割がた落ちてる。で、うちのおやじがうるさくてな」

それはそうだろう。不景気だから上納金を引きさげるなんて、良心的な組長がいるはずがない。

「で、おまえの話って、なんなんだ」

「サル、出会い部屋って、しってる?」

しばらく奇妙な間があいた。サルの声がぴしりと筋をとおしたように張りをもった。

「うちの組で新規開拓しようとしてた分野だ。『カプルス』、『スイートハート』、『ダブルレインボー』。なんかバカみたいな名前のチェーンが多いよな」

さすがに池袋の裏の世界の三分の一を占有する羽沢組の若き幹部だった。

「その『カプルス』からみかじめをとってるのは、どこの組かわかんないか」

「わからんな。これから研究するところだから。じゃあ、ちょっと調べておいてやるよ。マコト、またなにかトラブルなのか」

おれは手帳を見直しながら、電話していた。太っちょのもてない会社員と母親の借金のかたに身をもち崩しそうなOL。なんだか江戸時代に移しても通用しそうな話だ。

「まだわからない。これから調べにいくところだ」

「どこに?」

「出会い部屋『カプルス』」

サルが大声で笑った。誰かが腹の底から笑う声をきくのは、なかなかいいものだ。

「わかった。結果がでたら、あとで電話する。マコトのほうもうちの組が一枚かめるような状況なら、ひと声かけてくれよ。おやじがおまえが元気かっていってたぞ」

銀行員のような顔をした組長の顔を思いだした。またスカウトされたら面倒だから、おれはあまりお近づきになりたくない。

「ありがと。また、電話する」

サルが鼻で笑っていった。

「でもな、マコトもそろそろ本気で、出会いを探したらどうだ。女ひとりもいないまま、もうすぐクリスマスと正月だろ。『カプルス』もいいチャンスじゃ……」

やつの言葉を最後まできかずに、ガチャ切りしてやった。サルはおれのおふくろじゃない。


夜七時すこしまえ、おれは洗濯したてのジーンズにはき替え、この冬買ったZARAの黒いセーターをかぶった。上着はユニクロの真っ青なダウンだ。店の横の階段をおりて、おふくろに声をかけた。

「ちょっとでてくる。店じまいまでには帰るから」

敵はおれの格好を横目で見た。

「なんだい、今夜は気あいがはいってるじゃないか。どこにいくんだい」

やかましい女だ。まあ、パチスロにはまってないだけましだけどな。おれはいってやった。

「出会いを探しにな」

おふくろはサルと同じように鼻で笑った。

「ふふん、そんなものかんたんに見つかるのかね」

おれは余裕の笑顔をむけてやった。池袋ならこれだけで、二、三人は若い女が倒れるはずだ。

「ああ、今は二十一世紀だぞ。出会いは一時間四千円で売ってるんだよ」

さすがのおふくろも黙りこんだ。意味不明なのだろう。まあ、そいつはおれにとっても、意味不明の言葉だった。


西一番街から、ウイロードを抜ける。街はもうクリスマス一色。P′パルコのまえでは赤い服を着たサンタクロースが、ビラを撒《ま》いていた。ちょっとヒデトに似た太った外国人だ。押しつけられたので、一枚受けた。表を見る。

「素敵な出会いをプロデュース！　安心・低料金・好レスポンス　恋に真剣な人のためのお見あいサイト　『@マリアージュ』」

あきれるより、感心した。そうだったのか、金融危機下のニッポンで、なにより足りないのは男と女の出会いだったのか。その見あいサイトを運営するのは、大手クレジットカードの系列会社だった。まっとうな会社で、悪徳出会い系業者には見えない。

表でも裏でも、出会いは流行の新規事業なのだろう。おれも果物屋をやめて、出会いをプロデュースしようかと真剣に考えた。Gボーイズと羽沢組のコネを生かして、女たちを集めるのだ。もしかしたら、一代で真島財閥ができるかもしれない。

池袋東口にでて、線路沿いの淋しい道を歩いていく。金網のフェンスを抜けてくる夜風が冷たかった。目指す雑居ビルは東口風俗街から、すこしはずれた線路わきにあった。オートロックもない古いオフィスビルの四階だ。路地の奥を見ると三軒のラブホテルの看板が光っている。ほんの数十メートル先に、空室の青い文字。

おれは一度深呼吸すると、薄暗いビルのなかに足を踏みいれた。

四階までエレベーターであがる。正面は普通の設計事務所のようだった。壁には「カプルス」はこちら→とプリントされた簡易ポスターが張ってある。おれは蛍光灯で中央だけ青く照らされた淋しい廊下をすすんだ。こんなに古くさい、ひと気のないビルのなかに、出会いなどあるのだろうか。

だが、しばらく廊下をすすむと雰囲気が一変したのだった。スチールのドアのまわりはクリスマスらしく金のモールで飾られ、ドアの中央には手のこんだリースがさげられていた。ドアノブを引くと同時に、いらっしゃいませーと威勢のいい女の声がする。玄関の靴脱ぎは普通のマンションサイズだった。左手に下駄箱とスリッパ立て。箱のなかは男ものの黒い革靴でいっぱいだ。右手には受付があった。

「お客さま、会員カードお願いしまーす」

カウンターのむこうには、なんというか女性プロレスラーのような体格の女が商売用の笑顔で座っていた。キングコングにメスがいたとはしらなかった。

「おれ、この店初めてなんだけど」

女の顔がぱっと明るくなった。

「じゃあ、システムをご紹介するまえに会員カードに記入してください」

クリップボードにA４のコピー用紙とボールペンがはさんである。おれは受けとると玄関わきにあるベンチに座り、記入を開始した。住所・氏名・年齢・連絡先。身分証明の必要はないとヒデトがいっていたので、でたらめを書きこんだ。ＩＴ企業勤務なんてね。そこまでは普通だったが、最後に来店の目的というコーナーがあった。

あなたが探しているのは？　①恋人　②セックスフレンド　③割り切ったおつきあいの相手
選択肢はほかになかった。頭が痛くなる。面倒なのでおれは全部にマルをつけて、受付の女コングにもどした。

「はい、ありがとうございます。では、システムをご説明します」

ほとんどは料金の説明だけ。それはすでに手帳にメモしてある。延長も三十分ごとに二千円と定価は変わらなかった。最後に女コングがいった。

「お客さまは六番のお部屋にどうぞ。今日はかわいい素人さんがたくさんきてますよ。すこしお待ちください」

受付の奥のドアから、女たちの笑い声がきこえた。きっとそこがアルバイトの待機部屋なのだろう。ひどく暖房がきいていて、暑くてしかたなかった。受付のわきにある自動販売機で、ミネラルウォーターを買った。おれはついいらないことをきいてしまう。

「あの、もしかして、あなたも部屋にきてくれたりするんですか」

女コングはにっこりと笑い、厚化粧のまつげでばさばさと風を送ってきた。

「ええ、ご希望なら」

おれは女の返事を無視して、薄暗い廊下を奥にむかった。


廊下の両側にはびっしりと安手の扉がならんでいた。貼ってあるシールを読みながら、先にすすむ。つきあたりの右側が六番のブースだった。なかはちょうど一畳ほどの広さ。半分はベンチで、そのむかいに二十インチの薄型テレビと、なぜかティッシュの箱がおいてあった。薄暗くて、殺風景で、侘《わび》しい独房。流れている音楽は、麻酔薬のようなイージーリスニングだった。

五分ほどで、最初のノックが鳴った。

「こんばんは」

やけに元気で笑顔の三十代なかばの女。どんな仕事をしてるのか、まるで想像のつかないタイプだった。黒いVネックのラメいりセーターに、冴えないミディ丈のスカート。足腰はかなりしっかりしているようだ。おれ的には百点満点中三十点。やっぱり時給二千円って感じ。

「初めてなんですってね。学生さん？」

「いや、違うけど。ここって、どういう女の子がいるの」

「もうすこし若いほうがよかったかな。いろいろいるよ。でも、どうせするなら、若い子より年上のテクニシャンがいいでしょう。どう、ホテルいかない。ホテル代別で二万でいいから」

　悪びれることもなく、当然はじらいもなく、あっさりと女はそういった。コンビニで洗剤でも買うような調子だ。

「悪い。おれ、この店のことしらなくて、今日は金もってないんだ。つぎ、よろしく」

　金がないときいたとたんに女はやる気をなくしたようだった。こちらは三割のプロのうちのひとりなのだろう。おれはしかたなく世間話をした。相手にも、話題にも関心がないと世間話って拷問だよな。

　独房で話のあわないプロの女と三十分。今回の仕事はえらくしんどい。


　二番目の女はがりがりにやせたデザイナー志望だった。スキニーなジーンズに、茶色のレザージャケット。ジャケットのファスナーは首までしっかりと閉めている。どこか美術系の専門学校にいっているというが、こちらは絶対に下ネタにはいかなかった。ベンチの反対の端に座って、身体を硬くしている。アルバイトといっても、女たちはいろいろのようだ。

　おれは関心のない最近の広告デザイン事情をきかされて、うんざりしていた。

　また三十分後、女はほっとした様子ででていった。

二時間いて、四人と話せるようなシステムなのだろう。

だが、おれには時間がなかった。もう二度と、こんな出会い部屋にくるのは嫌だ。金となにより貴重なおれの自由時間がもったいない。トイレにいく振りをして、受付のまえをすぎた。女コングはこの店の店長のようだ。

「悪いけど、おれ、友人の紹介できたんだよね。そいつにすごくいい子がいるからっていわれてさ。さっきのふたりも悪くないけど、その子をあとでつけてくんない」

女コングは愛想だけはよかった。一番目にプロをつけて、さっさとホテルに追いだそうとしたくせに。ここは一度でてしまえばもどることはできず、外出した以降の料金も払い戻しはしないシステムなのだ。

「あら、それなら最初からいってくれればいいのに。その子の名前はなんていうの」

おれはすこしはずかしそうにいった。

「アヤ。普通のOLだって、きいたんだけど」

「はいはい、アヤちゃんね。お客さんはああいうまじめそうな子がタイプなの。お部屋で待ってて」

なかなかフレンドリーなコングだった。


こつこつというノックの音が、なにかを怖がっているようだった。誰がおこなうどんな行動にも、その人間の個性というのはでてしまうものだ。うっすらと開いたドアの隙間から、暗い声がきこえた。

「こんばんは。あの、わたしでいいですか」

おれはだせる限り紳士的な声で、返事をする。

「どうぞ。斉藤アヤさんですね」

驚いた顔をして、廊下の左右を見わたす。アヤはどこかカモシカを思わせる女だった。なにか物音を立てれば、すぐに跳躍して草原の茂みに消えてしまいそうだ。すごい美人ではないが、ヒデトにはもったいないくらいのかわいらしさ。おれは声を殺していった。

「だいじょうぶだ、話をききたい。はいってくれ」

とがったあごの先で、こくりとうなずくと、アヤは六番ブースにはいってきた。


おれは薄型テレビをつけた。テレビでは歌謡番組がオンエア中。いつから歌手にトーク力が求められるようになったんだろう。歌はうたわずに、ずっとギャグばかり飛ばしていた。音量をすこしおおきめにする。これでよし。仮にどこかに隠しマイクがあっても、これでおれたちの会話の内容を完全にきくことはできないだろう。

「おれは真島誠。あんたの話はヒデトからきいてる」

アヤはまたうなずいた。いたいけな感じがして、ロリータ好きには受けるかもしれない。とはいっても、どう見ても年齢は二十代なかばだが。

「まず最初に確認したいんだが、桐原秀人はしっているか」

「はい。このお店にきて、わたしをよく指名してくれます」

「じゃあ、あの男がいっていたアヤさんの状況というのは、ほんとうなのか」

事態はほかにいくらでも、考えられた。すべてはストーカー・ヒデトの妄想である。あるいはアヤが男から金を引っ張りたくて窮地を装う。あるいは単にこの女に、強烈な虚言癖がある。アヤはいいにくそうに口にした。

「うちの母の話でしょうか」

おれは勇気づけるようにうなずいた。誰にしても、自分の親の汚点を話すのは勇気がいるよな。

「パチスロにはまってしまって、もう手の打ちようがないんです。いったのときいても、いっていないというし、わたしだけじゃなく、よそにいって嘘をついてお金を借りたりしています。わたしが病気になったとか、交通事故を起こしたとか」

末期症状だ。ギャンブル依存は、意志の強さとは関係ない。依存症はただの病気である。

「そうなったら、家族がどうしようと無駄だよ。さっさとカウンセリングにでも連れていきな。ギャンブル依存症はちゃんと保険もきくし、専門の外来もあるから」

アヤはびっくりしたようだった。

「ただギャンブルが好きなだけじゃないんですか」

「いいや。性格とか意志の問題じゃないんだ。脳のなかで、おかしな物質がでまくるらしいよ」

「そうだったんですか」

「ああ、あんたがいくら母ひとり子ひとりでも、無理なものは無理だ。おれは専門家じゃないから、はっきりしたことはいえないけど、あんたがかばえばかばうだけ、苦しみが長びくことになると思う」

　こういう問題にはやさしい解答などないのだ。アヤは口を一文字に結んで、目に涙をいっぱいにためた。必死に涙をこぼさないように耐えていた。

「わかるか。一日も早く病院に母親を連れていくんだ。放っておけば、ギャンブルの金ほしさに盗みを働くかもしれない。そうなったら刑務所だぞ。あんたは母親の尻拭《しりぬぐ》いをやめるんだ」

　ぽつぽつと両方の目から一粒ずつ丸い涙がこぼれた。

「でも、ローンズ・テスタロッサの人たちが……」

　イタリア車好きの闇金業者か。

「そっちのほうも、あんたが隠そうとするから調子にのるんだ。母親のギャンブル依存も、借金も全部表にだしてしまえば、やつらだって手をだせなくなるんだぞ。弁護士だっているし、警察もある」

　いつだって敵は自分のなかにあるのだ。自分のなかの世間といってもいいのかもしれない。こんなことが表沙汰になれば、生きていけない。人には絶対いえない。たいていは、ありふれた喜劇なんだがな。アヤは考えこんでいるようだ。そのとき、おれのダウンのポケットで携帯電話がうなりだした。

　液晶の小窓を確かめると、サルからだった。


　おれは声をひそめていった。

「サル、なにかわかったか?」

今度はさっきと違って、やつの声は陽気だ。

「ああ、おもしろいな。おまえのおかげでいいネタがいくつか拾えたよ」

「きかせてくれ」

「それより、そっちは妙にさわがしいな。おまえがテレビの歌番組なんてめずらしいじゃないか」

おれだって別に見たくて見てるわけじゃない。片手で手帳を開いた。

「いいから情報をくれ。今、とりこみ中なんだ」

サルはあきれたようにいった。

「おまえは感謝の気もちってもんが足りないな。いいか、いくぞ。『カプルス』のオーナー社長は中藤憲明五十六歳。ずっとヘルス業界でしのいできたらしいが、あまりぱっとしなかったって話だ。だが、出会い部屋でようやくブレイクした。池袋店の店長は中藤の実の妻で、副社長の美香子。新規開店の達人らしくて、普段は本店の池袋にいるが、新規店オープンのときは、軌道にのるまで美香子が店を切り盛りするらしい。噂によると社長より、副社長のほうがやり手だとさ」

おれのメモは片手だからよれよれ。まあ、読めるからかまわない。

「その美香子って女、キングコングみたいじゃないか」

「なんで、そんなことしってんだ。かなりゴツイ体格らしいが」

あの女コングだ。

「みかじめの払い先は」

「ああ、アドリア企画とかいう独立系の組織だった。こいつがとんでもなく弱小でな。ほんの六、七名の組らしい。しのぎはいくつかの風俗店のみかじめと……」

おれは口をはさんだ。黙っていられないのが、悪い癖。

「闇金融で、社名はローンズ・テスタロッサ」

サルは電話のむこうでため息をついた。

「正解だ。なんだよ、わかってるなら最初からいえよ」

「悪い。今きいたばかりの話なんだ」

うなるようにサルがいった。

「まあ、いい。結論からいうと、アドリア企画をたたいて、『カプルス』から引きはがせば、うちで東京だけで十二店あるチェーンのみかじめを全部いただけるって寸法だ。まだまだいけいけで伸びてる会社だしな」

確かにうまい話だった。アヤは涙も引いたようで、長電話をしているおれを不思議そうな目で見ていた。

「そういえば、サル。『カプルス』で売春してるって話はきいてないか」

電話のむこうでサルが笑い声をあげた。

「おまえなにカマトトかましてんだよ。そういうところは、そういうことするためにあんだろ」

「違うんだ。バイトのセミプロが勝手に売りをやるんじゃなくて、店側がちゃんとセッティングして、売春を斡旋する。見返りでいくらかのキックバックをとる。そういう方法なんだけど」

うーんとやつが黙りこんだ。

「場所だけ貸して、勝手に客が交渉するなら、まあ別に問題ないだろう。だが、今いったマコトのやり口だと、サツがうるさいな。立派な管理売春だ」

そうなのだ、おれが気になっていたのもそのことだった。これはなにかうまくつかえる鍵になるかもしれない。伸び盛りの新風俗・出会い部屋の弱点だ。

「それとローンズ・テスタロッサだけど、そこをうまくたたく方法はないもんかな」

サルはすでになにか絵を描いているようだった。もどってきた声は自信たっぷり。

「そいつはすでに考えてる。ちいさな組織は収入源を断てば、ほんの数カ月で立ち枯れするさ。具体的にはうちの組が、『カプルス』のみかじめを横どりするだけでいい。収入半減で、アドリア企画も沈没だ」

さすがに腕利きの渉外部長兼本部長代行だった。礼をいって電話を切った。アヤがきりりと引き締まった表情でおれを見た。覚悟が固まったようだ。

「わかりました。わたし、うちの母と話してみます。あとはローンズ・テスタロッサの人たちとも」

「だけど、あせるなよ。こっちでもヒデトといっしょに動いてみるから」

その言葉がきければ十分だった。おれはアヤのアドレスと番号をゲットして、部屋をでた。もうこれ以上、この独房にいる気にはなれなかったのだ。

受付では、女コング改め副社長の中藤美香子に声をかけられた。

「お客さん、どうでしたか。アヤちゃん気にいりましたか。まだ三十分残ってますけど。返金はできないシステムですよ」

おれは下駄箱からバスケットシューズをだして、つま先を突っこんだ。

「今回は十分たのしんだから、またくるよ」

粘り強い笑顔で女コングが手を伸ばしてきた。

「では、こちら、うちのクラブの会員証になります。次回おもちください」

おれはぺらぺらのプラスチックカードを受けとった。裏の氏名の欄には、吉岡誠と書いてあった。おれとは腐れ縁の池袋警察署生活安全課の刑事の名だ。

悪いな、おっさん。こんなときだけ、名前を借りて。


その晩はヘンデルをききながら、どうしたらアヤを「カプルス」から切り離せるか考えた。なかなかいいアイディアは浮かばない。まあ、どんなトラブルも最初はそんなもの。だいたいおれはうろつきまわるのは得意でも、考えるのは得意じゃないのだ。

出会い部屋、闇金融、弱小暴力団、不幸な母娘と太った会社員。さて、こんな道具立てから、どんなプランが生まれるのだろうか。あきらめて寝たときには、一時半をすぎていた。おれみたいな肉体労働者の朝は早い。不貞寝《ふてね》。

翌日は半分眠ったまま、店を開けた。シャッターをあげ、店先に果物をならべていく。もう習慣になっているので、眠っていてもできる作業だ。ひと汗かいて、店の奥で休んでいると、携帯が鳴った。サルだ。

「よう、マコト、こんな大不況のなかでも、あるとこにはあるもんだな」

うちの果物屋ではないのは確かだ。うちは花の都パリと同じ。漂《ただよ》えど、沈まず。

「なんだよ、サル。いいニュースか」

「景気はいいニュースだな。うちにとってはご馳走の皿が増える」

おれは淡い冬の日を眺めていた。今日は薄曇りの空。気温は十度いかないだろう。

「これから、ラ・フランスをザルに積むんだ。早くしてくれ」

「仕事中すまないな。『カプルス』が派手な広告をサイトで打ちあげた。赤羽と大井町と中目黒。新店舗を一気に三軒オープンさせるそうだ。いよいようまそうになってきたな」

「ふーん、そうなんだ」

サルがふくみ笑いしていった。

「それとおまえ、昨日池袋店にいってただろ。うちの組のもんが、おまえを東口で見かけたといってたぞ。おれも商売の実態がどうなってるか、検証にいってみるかな。で、どうだった？　女たちは」

「女コングの副社長に、おばさんのプロに、アーティスト気どり。まともなのはひとりだけだった。おれにはあの店がなんでそんなに流行ってるのか、まったくわかんない」

それが正直な感想だった。何事も外側から見るのと、内側から見るのとでは、まったく違うものだ。あれが成長業種なら、おれは別に今の果物屋で十分。


その日の夕方だった。ひまな店先でヘンデルをきいていると、おれの携帯が鳴った。悲鳴のようなアヤの声がする。

「すみません。マコトさん、助けてください。すぐにきて。たいへんなんです」

救急隊員の気もちがわかった。これではどこにも出発できない。おれは静かに声をかけた。

「今どこにいるんだ」

「東池袋です」

「なにがあった」

「ローンズ・テスタロッサに話をしにいって、それで、それで、ヒデトさんが」

今度はおれのほうが悲鳴のような声になってしまう。

「いきなり闇金に話をつけにいったのか」

「ええ。マコトさんにそういわれたから」

アヤは社会的な常識というのが欠けているようだった。どうせいくなら、弁護士といっしょにいくとか身を守る方法があるだろうに。

「それで、ヒデトがなぜ、そこにいるんだ」

「昨日の夜、電話で相談したら、いっしょにいってあげるといってくれて……それで、こんなことになってしまって、わたし、なんてお詫びをしたら」

　がさがさと段ボールをこするような音がして、声が変わった。

「わたしです。桐原秀人です。いい情報つかみました。その代わり、だいぶやられちゃいましたけど。あっ、痛っ」

「どこをやられた」

「脚です。ちょっと歩けそうもないです」

　おれはもう店をでるところだった。

「そこにいてくれ。今、車で迎えにいく。東池袋のどのあたりだ」

「アーバンネットビルのまえにいます。すみません、マコトさん」

　おれは店の裏の駐車場に駆けて、ダットサンのピックアップトラックをだした。


　アーバンネットの灰色ピンクのビルのまえに、アヤとヒデトがいた。ヒデトはガードレールに腰かけて、自分のひざを抱えていた。おれの顔を見ると、誇らしげにいった。

「やっぱり本職って、顔を狙わないものなんですね。右足の太ももばかり蹴られてしまいました」

　アヤは心配そうにヒデトを見ていた。

「わたしのせいで、ごめんなさい。でも、ヒデトさんはすごく勇気がありました。身体を張って、わたしを守ってくれたんです」

おれはヒデトの耳元で、こっそりきいた。

「ところで、あんた彼女いない歴何年なの」

ヒデトはアヤにきこえないようにこっそりこたえた。

「二十八年ですよ。生まれてからずっと」

それでは勇気を振り絞って、女の盾になるはずだった。まあ、この身体だから、少々の打撃は脂肪が吸収してくれるだろう。おれは手を貸して、ヒデトをダットサンにのせてやった。運転席はベンチシートで三人のりだ。最後にアヤがシートに腰をすべりこませた。

「とりあえず、うちにこいよ。作戦会議をしよう。ヒデトのつかんだいい情報ってやつをきいていないしな。病院にはいかないでいいんだろ」

ヒデトは懸命にうなずいた。

「仕事をさぼって、アヤさんにつきあったので、あまり表ざたにはしたくないです」

「わかった、じゃあ、やっぱりうちにいこう」


車なら東池袋と西一番街は六、七分ほどの距離だ。そのあいだにケガの理由をきいた。なんでもアヤとヒデトは闇金の事務所にはいっていき、担当者にいったのだそうだ。母親は病院に連れていく。借金の返済については、弁護士の先生と相談して、今後のことを決める。もう自分は母親の借金を返すつもりはないし、「カプルス」で働く気もない。

「でも、アヤさんがなにをいっても、担当者はにやにやしてるだけでした」

ヒデトは蹴られた脚が痛むのだろう。脂汗を流しながら、そういった。

「なんで、弁護士をいれるといわれたのに、そんな余裕があったんだろうな。声を荒らげたりしなかったのか、そいつ」

「ええ、にやにや薄気味悪く笑うだけで」

なにか裏がありそうな話だった。アヤがいった。

「担当の人がさっさと帰れといったんです。もううちはおまえとは関係ないって」

どういう意味なんだろう。ヒデトがいった。

「ローンズ・テスタロッサは債権を、『カプルス』に売ったみたいです。金の話なら、もうむこうの副社長としてくれといわれました」

「でも、借金をしたのは母親だよな。娘には返済の義務はないはずだ。なあ、アヤさん、おかしな書類にサインしたりしてないよな」

シートのうえで、アヤがしぼんでしまったようだった。

「いいえ、実は借金を軽くするための申請書がいるといわれて……」

ヒデトがとなりにいるアヤに叫んだ。

「サインしちゃったんですか」

ロリータOLはこくんとうなずいた。救われない話。おれがいった。

「だけど、そんなの全部インチキだ。きちんと法的手段に訴えれば、こちらが勝つさ。どうする、ヒデト。面倒だから、このまま話をつけにいくか」

おれはやけになっていたのかもしれない。間抜けなクライアントにも、急成長を続ける出会い部屋にも。アヤがいった。

「そういえば、援助交際をしてる人からきいたことがあります。みんな、『カプルス』に借金があるみたいなんです。わたしと同じようにローンズ・テスタロッサで借りていたお金がいつのまにか『カプルス』に移っていて、あの出会い部屋で身体を売らなければならなくなる。そういう人が何人もいました」

ピックアップトラックはちょうど池袋大橋にさしかかったところだった。西空には澄んだ夕焼け、ビル群はその夕焼けに負けないほどのネオンサインで、池袋の空に輝いている。おれはようやく今回の事件の構図が見えてきた。ローンズ・テスタロッサ＝アドリア企画のような弱小組織になぜ、「カプルス」がみかじめを払っているのかだ。簡単に羽沢組に追われるような組織に守ってもらう意味はどこにあるのだろうか。

あの出会い部屋は、低コストで売春させる女を仕いれるために、闇金を利用していたのだ。借金に困った女たちの債権を買いとり、わずかな報酬で売春させる。女たちは金の卵を産む雌鶏《めんどり》だったのだろう。その仕いれルートを守るためなら、月々のみかじめなど安いものだ。おれがからくりを説明すると、ヒデトはいった。

「それならどんな金融危機でも、急成長するわけですねえ」

いいや、まったくそのとおり。なにもないところから、富が生まれるのだ。とんでもないレバレッジである。

うちに到着すると、おふくろはヒデトとアヤを見て、おかしな顔をした。ふたりが不釣あいなのか、それともまともな会社員をふたりも、いきなりおれが連れて帰ったせいだろうか。ヒデトの脚がさらに腫れ始めると、氷をいれたポリ袋をつくってくれる。おふくろの言葉はいつもぶっきらぼうだ。

「これで冷やすといいよ。ズボンは脱いじまいな」

ヒデトはアヤのまえではずかしげにパンツを脱いだ。真っ赤に腫れた太ももにアヤがポリ袋を押しあてる。ヒデトはひどく気もちよさげな顔をした。

「あんた、アヤさんの件でどれくらい会社さぼってるんだ」

ヒデトは頭をかいた。脚の脂肪がぶるぶると揺れる。

「何日ということはないです。ちょこちょこと会社に顔をだして、報告とかはしてるから。ぼくは外まわりの営業なんで、時間はそこそこ自由になるんです」

そういうと眉をひそめた。

「でも、そろそろ本業にもどらないと、今月のノルマが危ないです。もう年末が近いですから」

日本のサラリーマンはいそがしかった。それは彼女いない歴二十八年のおめでたいヒデトでも変わらない。やっぱり今夜、かたをつけよう。

そう考えたおれは、保険のためサルに電話をいれた。おれの提案にサルはよろこんでのってくれた。おまけに若衆を何人か貸してくれるという。まあ、未来のクライアントに実力をアピールするいい機会だから、羽沢組がくいついてくるのは当然だが。


夜の十一時すこしまえ、おれたちはダットサンでうちをでた。目的地は東口の「カプルス」池袋店だ。雑居ビルのむかいの線路わきにトラックをとめて、女コングがおりてくるのを待った。十一時半すぎ、副社長が分厚くふくらんだポシェットをこわきに抱えて、エントランスをでてきた。赤い髪をした男といっしょだ。ヒデトがいった。

「あの男、ローンズ・テスタロッサの事務所にいたやつです。一発あいつにも蹴られました」

「そうか、わかった」

おれは短くいうとドアを開けて、人どおりのない線路わきの道におりた。女コングとボディガードは立ちどまって、驚いた目でこちらを見た。

「ちょっと話をきいてくれないか」

おれはていねいに頼んだのだが、赤い髪の男はいきなり叫びだした。

「なんだ、てめえは。うちをアドリア企画だとわかってんのか」

やはりこういうときには○○組のような古風な暴力団的ネーミングのほうが正解だ。衣料品会社のような名でははったりがきかない。副社長がポシェットをしっかりと抱えこんだ。一日の売上がぎっしりと詰まっているのだろう。

「あんたは昨日うちにきた人だよね」

「ああ、あんたに話がある」

女コングはおれの話をまったくきいていなかった。

「金なら一円もやらないよ」

赤い髪が携帯電話を抜いて、すぐに呼びだした。

「兄貴、全員連れてすぐにきてくれ。池袋店のまえだ。ガキに襲われそうになってる」

疑心暗鬼になっているのだろう。男は周囲をきょろきょろと見わたした。おれはいった。

「荒っぽいことはしたくない。話をきいてくれ。おれは別に金がほしいわけじゃない」

ダットサンにむかって、声を張った。

「きてくれ、アヤさん、ヒデト」

ふたりがおりてくるとますます副社長はわからないという顔をした。

「アヤちゃん、あんた、どういうつもりなの。うちにおおきな借金があるのを忘れてるんじゃないの」

ヒステリックな声だった。受付に座っていたときとは対照的だ。おれはいった。

「いったいいくらあるんだ」

女コングは自慢げにいった。

「七百万」

アヤは叫び声をあげた。

「待ってください。うちの母がローンズ・テスタロッサから借りたのは三百万円とすこしだったはずです」

「そんなことうちはしらないよ。あちらさんがどれくらいの金利でいくら貸したかなんて、関係ない。ただうちは債権を買いとったし、保証人はアヤちゃんあんただ。きちんと七百万返してもらうよ」

タクシーが雑居ビルのまえに急停止した。男たちがばらばらと飛びだしてくる。おれたちをとりかこむように、赤い髪をいれて五人の男が顔をそろえた。夜道ではあまり会いたくない粗暴な顔が五つ。赤い髪が高らかにいった。

「おまえら、このまま帰れると思うなよ」

おれは右手をあげた。線路わきの歩道橋のしたや、路地の奥、雑居ビルの非常階段から、わらわらと男たちが湧いてくる。先頭には羽沢組本部長代行のサルが立っている。おれのほうを見て、にやりと笑った。

「羽沢組の斉藤です。ここらは、うちの庭だ。もめごとは慎んでもらえないか。そこのマコトは話がしたいだけだといっている」

さっきまでとは正反対だった。三倍の数の男たちにかこまれて、アドリアの男はみなちいさくなっていた。

「さあ、マコト、話せ」

おれはかつての同級生にうなずいて、口火を切った。

「頼みというのは簡単だ。そこにいるアヤの借金を本来の額にもどしてほしい。それから、この出会い部屋をやめさせる。今後いっさい彼女にタッチしない。それだけだ。どうせ、違法の書類だろう。法的手段に訴えれば、こちらの勝ちは目に見えてる」

だが、さすがに敵も強気だった。副社長はひるまずにいった。

「だったら、裁判でもなんでもやればいいだろう。決着がつくまでに、何カ月もときには何年もかかるんだよ。そのあいだ、あんたのおふくろのパチスロ狂いも、あんたの出会い部屋がよいも、全部世間さまにさらし者になるんだ。弁護士の費用だって、たいへんな金額になる。あんたはそれをはらい続けて、あれこれといらぬ噂を立てられるのに耐えられるのか」

それで多くの女たちが転んでいったのだろう。勝ち目のある裁判でも、失うものがあまりにおおきすぎるのだ。にらみあう男たちは身動きをしなかった。誰かが動けば、そこで立ちまわりが始まる。十二月の夜中の空気は張りつめていた。

「待ってください」

震える声でそう叫んだのは、ヒデトだった。

「お金を一円も返さないとはいっていません。アヤさんとぼくで一生懸命に働いて返しますから、『カプルス』だけはやめさせてください。お願いします。そうでなければ……」

ヒデトは女コングをしたからにらみあげるようにした。好きな女を守る。その気迫が水蒸気のように噴きあがっている。副社長が叫んだ。

「そうでなければ、なんだっていうんだ」

続きはおれの出番だった。

「すべてを警察で話すよ。借金のかたに援助交際を強制されている女たちが、『カプルス』には多数存在する。女たちの売上から、キックバックもある。買春を望む客に女を紹介している。ここでおこなわれていることは、自由な出会いの場を提供するというのはただの口実で、管理売春そのものだ。なあ、副社長、あんたは『カプルス』の店舗では風営法の許可をとってないだろう」

女コングの顔が真っ赤になっていた。おれは淡々と続けた。

「この池袋店のほんの百メートルもいった先には小学校がある。管理売春をしている店がすぐ近くにあると書いたビラを、おれたちが校門で配ったら、あんたはどうする？」

もう言葉の必要などなかった。コングの顔が青白く変色していた。たくましい身体のなかで、心が折れる音がきこえるようだ。副社長は投げやりにいった。

「わかったよ。アヤ、あんたは明日から自由だ。半額の三百五十万返してくれれば、それでチャラでいいよ。ただし、さっきの話は誰にもしないでくれ」

おれはうなずいた。

「了解」

女コングは赤い髪の男の頭をたたいた。

「なんだよ、あんたたちは役に立たないね。羽沢組ときいたとたんに震えあがって。それで高いみかじめ払う価値があんのかね。さあ、いくよ」

アドリア企画の男たちが去っていくと、自然に羽沢組の若衆も消えていった。サルがおれのところにやってきていう。

「たまにはGボーイズの役をやってみるのもいいもんだな。今回はおれの立ちまわりがなくて、残念だったけど」

おれたちはハイタッチをして、真夜中の線路際で解散した。おれは送らなかったから、その夜アヤとヒデトがどこに消えたのかはわからない。確かなのはアヤがずっとヒデトの杖代わりをしていたこと。二十八年間彼女のいない男に、いいクリスマス・プレゼントがあったらいいなと思うだけだ。

翌日から、おれはまた店番にもどった。

ヒデトとアヤの会社員同士のカップルは、その後も順調に続いた。アヤにいわせるとあの太っちょの身体も、サンタクロースのように頼りがいがあって、なかなかいいのだそうだ。ヒデトは遅れていたノルマを埋めるために、今日も池袋の街を駆けまわっている。ときどきうちの店に顔をだして、必ず水菓子を買っていくのは、やはりさすがに気がきく社会人というところだ。

羽沢組は結局、「カプルス」からみかじめをとるようになった。

サルは今回の新規開拓で、氷高組長からだいぶほめられたようだが、残念ながら、それは一カ月と続かなかった。おれは女コングとの約束どおり、なんのアクションも起こさなかったが、池袋署の生活安全課もぼんやりしていたわけではなかったのだ。

年が明けた仕事始めに、警視庁各署と連携して、十五に増えた「カプルス」の店舗をいっせいに摘発したのである。容疑は管理売春。社長の中藤憲明も、副社長の美香子も逮捕された。今では「カプルス」のあったマンションには、空っぽの部屋と看板だけが残されている。みかじめは当然、ゼロになったそうだ。サルはついていないと盛んにぼやいていた。

おれは思うんだけど、やっぱり男と女の出会いなんて、誰かにセッティングしてもらうものでも、時間あたりいくらで買うものでもない。そいつはその気さえあれば、きっと天からふってくるのだ。いつか予期せぬ絶妙のタイミングで、ただしい場所とただしい人に。それは二十八年間彼女のいなかった太目のサンタクロースの現在の幸福が証明している。

だから、おれも待っているのだ。ただしい出会いがやってくるそのときを。

まあ、それまでの時間を、別に清くただしく生きようとは思わないけどね。

ドラゴン・ティアーズ——龍涙

世界って、どんどん安くなっていくよな？

そいつはなにも毎年のように劣化していく文化的な状況だけじゃなく、着るもの、住むとこ、たべるものすべての価格が、猛烈な勢いでさがっていくのだ。なつかしのデフレ再燃。ユニクロ下位ブランドのジーンズは九百九十円。敷金礼金無料のゼロゼロ物件は月一万八千円。コンビニの弁当は果てしなく価格崩壊して、三百円で飢えた高校生でも腹いっぱい。もちろん株式や不動産も、世界中で半値以下に暴落している。なかには九九パーセントOFFなんて、地獄の底が抜けたバーゲン株もあるくらい。日本でバブルが弾けて約二十年。今度は世界中でバブルが崩壊したという。どうにも救われない話。

だが、救われないのは、おれやあんたのような平均的日本人だけじゃない。あらゆるものの値段がさがるとき、ものをつくる現場ではさらにいっそう環境は悪化する。いつだかおれが非正規雇用の話をしたことがあるよな。雇い止めのニュースは確かに腹が立つ。けれど不安定な派遣社員だって、労働基準法の最低賃金（都道府県によって違うが、東京の場合一時間七百六十六円）

はしっかりと守られている。

けれど、非正規の派遣社員のしたには、もう一段厳しいどん底のカーストがあって、そっちじゃ時給三百円なんて奴隷労働があたりまえなのだ。年中無休二十四時間体制の工場で毎日十二時間ずつ働き、月給が十万以下。黄金の国ジパングで、デフレ上等の低価格製品を文句もいわずに製造し続ける龍の子どもたちである。

今回のおれの話は、中国の農村からやってきた研修生&実習生のネタだ。どう違うのかって？なにも違わないんだ。おれも黒いスーツのイケメンから初めてきいたのだが、その研修生アドバイザーによると一年目までが研修で、翌年から実習に呼び名が変わるだけらしい。もちろん給料があがることはないし、休みが増えることもない。生産設備の一部、中国製の生けるロボットだから、それもあたりまえ。

おれたちは今やひどく複雑な世界に生きている。そこではあまりに高価なものも、あまりに安価なものも同様に要注意なのだ。もしかしたら、ぴかぴかの高級品は合法的なぼったくりかもしれないし、びっくりするほどの安もの（だが、不思議にまったくチープには見えない！）は誰かの血と汗と涙によって実現された人外《じんがい》のバーゲンセールかもしれない。

おしゃれでハイセンスな高度消費社会では、ものを買うことはすでに経済学から倫理学の領域に問題点をシフト済みなのだ。

百円ショップでカップ麺を買うとき、おれたちは胸に手をあて考えたほうがいい。

この濃厚とんこつ味一杯に、誰の涙がどれくらい注がれているかをね。

この春池袋の話題といえば、いうまでもないだろう。

ほとんど全国区のニュースになったからな。夕方の報道番組で見たやつも多いと思う。西口北口にわらわらといつの間にか発生した二百軒を超える中国系ショップが連合して、マニフェストをぶちあげたのだ。

「池袋チャイナタウン宣言」

ＪＲ池袋駅から半径五百メートルくらいのところには、中華料理屋、中華雑貨屋、中華洋品店、中華ＤＶＤ屋、中華ネットカフェ……ありとあらゆる中国系ショップが密集している。そのネットワーク・中池共栄会の代表が、東京初の新中華街構想を発表したのだ。

まあ、うちの果物屋にはあまり関係はなかった。客は日本人ばかりで、中国系はほとんどやってこなかったからな。なぜか池袋では、店ごとに棲《す》み分けができていて、日本人の店には日本人が、中国人の店には中国人が集まる。

だが、うちの店のオーナーには、チャイナタウン構想は不評だった。おふくろは目をつりあげていう。

「冗談じゃないよ。あいつら町会費も払わないし、商店会にもはいらないし、ゴミだしはいい加減だし、やたらと騒がしいし。わたしはチャイナタウンなんて絶対反対だね」

うちのおふくろは平均的な日本の労働者階級なので、この意見が西口商店会の総意だと思って間違いない。おれとしてはどっちでもいいんだけど。ただの店番は春になってよかったなと思うだけだ。だいたいおれは寒さが苦手な都会っ子だし、春は果物屋の店先が一気に戦力アップする。

佐藤錦は高級さくらんぼ、長崎甘香は普通の二倍くらいのおおきさがある高級びわ、ぶどうは透明感のある大粒なマスカットオブアレキサンドリア。最後に四番バッターのメロンにもクラウンやエメラルドなんて大物が登場する。うちみたいなさびれた店だって、一気に店先が華やかになるのだ。おれは自分の美意識に従って、工芸品のような高級フルーツを飾っていく。色と素材感がうまくハーモニーをつくってならんだときなど、売ってしまうのが惜しくなるほど。やはりおれのなかにはアーティストの血が流れているのだろう。

だが、のどかな春の芸術家のところにも、トラブルは必ずやってくる。

今回のネタがまたも中国がらみだったのは、きっとすべてはつながっているということなのだろう。中国と日本もひとつの水でつながっている。もっともそのときには、チャイナタウンの奥にある暗闇と、悲惨な研修生など想像もしていなかったけれど。


最初にその男を見たとき、おれはすぐに目をそらしてしまった。

西一番街を春風に吹かれながらやってきたのは、細身の黒いスーツに一本の線のような細いブラックタイをしめた男。といっても８９３関係の粗暴な感じでも、ホスト関係の無駄に華やかな感じでもない。なにか痛々しい雰囲気だった。うちの店の客とは筋が違う。

やつはまっすぐに果物屋にはいってきて、おれの顔を見ていう。

「真島誠さんですね、お願いしたいことがあります。ちょっとだけお時間よろしいでしょうか」

きれいな標準語だった。近くで見るとよくわかった。こいつはタカシに負けないほどイケメンで、それを隠すように太い黒ぶちのメガネをかけている。手には黒革のブリーフケース。

「なんの用かな、おれ、いそがしいんだけど」

イケメンは店のなかを見まわした。春の昼さがり、客はゼロ。

「安藤崇さんに紹介されました。この街で一番よく裏の世界をわかっていて、お金のためでなく正義のために動いてくれる。それが真島さんだと」

お世辞は半分だけきいた。この男は頭がよく、おまけに裏がある。これほどなめらかな標準語はちょっとおかしいのだ。東京では誰もがＮＨＫのアナウンサーのように話すと思ったら大間違い。みな、それぞれ地元のアクセントが残っている。おれはあてずっぽうでいってみた。

「あんた、中国のどっからきたの」

イケメンは軽く驚いてみせた。

「話しかたで中国人だとわかったのは、ここ数年間で真島さんだけです。わたしの名前は林高泰《リンガオタイ》。中国から働きにきた研修生のアドバイザーをしています」

西一番街のカラータイルの歩道には春の日ざしがたっぷりと落ちていた。気もちのいい午後だ。黒いスーツのイケメンだけが、その場面にひどく場違いだった。できることなら、このまま店番をしていたい。誰にでもなまけ心はあるものだ。リンがいった。

「ひとりの少女が失踪しました。あと一週間しかありません」

まったく意味不明だった。好奇心をそそられる。この男は情報の扱いかたを心得ているようだ。

「なにが起きるまで、一週間なんだ」

「査察がはいり、二百五十人の研修生が強制的に国外退去させられるまで」

まるで意味がわからない。だが、おれはそれで話をきく気になった。なんだかひどくおもしろそうだからな。二階で録り溜めした韓流ドラマを見ているおふくろに声をかけた。店番を代わってもらう。黒いスーツのアドバイザーとジーンズに今年流行のマリンルックのボーダーTシャツのおれ。ふたりで黙ったまま、ウエストゲートパークにむかう。

あと一週間後なら、ちょうどあの公園のソメイヨシノが咲くころだろう。


ステンレスのベンチは、日ざしのせいで熱いくらいだった。点々と朱色の木の芽をつけたサクラの枝のしたに、おれとリンは座った。不景気のせいで、公園にはホームレスやその予備軍が増えているようだ。へたくそなギター弾きは円形広場にあいかわらずふた組。

「真島さんは外国人の研修制度をしっていますか」

リンのアナウンサー声はさらさらと耳に心地よく流れる。

「ぜんぜんわかんない」

「九一年に国際研修協力機構が始めました。三年間に限り日本で働くことができ、技能の研修を受けることができる」

ほとんどよその国の出来事だった。おれは研修生に会ったことがない。

「ですが、実際に研修生が送りこまれる現場は、日本人なら働きたがらないきつい、汚い、危険な仕事ばかりです」

そよ風がこの陽気に不似あいな会話をきれいに消していった。

「３Ｋ仕事かあ……」

リンはちらりとおれを見て、かすかに笑ったようだった。

「未曾有の不況といわれていますが、それでもその手の仕事に就労する日本人はほとんどいません」

おれは広場のむかい側のベンチに目をやった。ホームレスがのんびり将棋大会を開催している。

「ちょっと待ってくれ。おれ、テレビのドキュメンタリーなんかで、中国のすごい金もちを見たよ。色違いでロールスロイスをのり替える男だけど。中国ってものすごい好景気で、バブルなんじゃないのか」

「それは沿海の都市部の話ですよね」

リンは冷静だった。背筋をぴんと伸ばして、なめらかに日本語を発音する。

「中国は都市と農村で、ふたつの国に分かれています。都市の住民は農村の数十倍も豊かですが、農村部の年収はいまだに三〜四万円にすぎません」

「だったら街にいって働けばいいじゃない。不景気の日本より、ずっといい仕事があるんじゃないか」

リンは悲しげな顔でゆっくりと首を横に振った。このイケメンがなんらかの形で感情表現をしたのを初めて見た。

「日本ではどこで生まれても、好きな場所にいって、好きな仕事に就けます。自由は素晴らしい」

「中国は違うのか」

「戸口《フーコウ》の問題があります」

「なに、それ」

「戸口は居住証明書です。出生地と居住するべき地域が明記され、それ以外の土地で暮らすこと、働くことは基本的にできません。農村戸籍の者が都市戸籍を取得するのは、ほぼ不可能です。豊かな日本に生まれ、華やかな東京で生活する真島さんには想像できないでしょう。中国では農民は生涯都市に住めないのです」

驚いてしまった。同じ国のなかに絶対に越えられない壁があり、その内側と外側で数十倍の富の格差がある。正規だ、非正規だといってる日本はまだ、島国らしく穏やかだったのだ。辛抱強く笑って、リンはいった。

「だから、農民たちは黄金の国日本への夢にかけます。この国の３Ｋ労働で三年間必死にがんばれば、十五万元稼げる。これは貧しい農民の生涯賃金に等しいのです」

西口公園のベンチで考えてしまった。三年間で二億の報酬になるといわれたら、日本中のガキが殺到することだろう。ジパングの黄金は伝説ではなかったのだ。

「だけど、仕事は厳しいんだよな」

リンは平然としていた。この男は弱みを見せることがあるのだろうか。

「はい。だから、ごくまれにですが、脱走者がでます。それは受けいれる日本の工場にとっても、中国の送りだし機関にとっても、たいへんに不幸なこと」

整った顔が曇った。そこからの話で、おれはまたびっくりしてしまった。中国が自由の国でないことはわかったが、この日本も同じくらい自由ではなかったからだ。


ようやく先ほどの失踪した女の話になるのだろう。じれったくなって、おれはいった。

「消えた女は、なにか犯罪にでも巻きこまれたのか」

「まだわかりません。ですが、雇われた先から逃げだしたことが、すでに危険です。脱走者は必ずつぎにどこかで働くことになる。お金を稼ぐためだけに日本にきたのですから。定められた以外の場所で働けば、不法就労になる。見つかれば入管法違反で強制退去処分になります」

ということは、どれほど厳しい職場でも仕事先は自由に替えられないのだ。辞めることも、転職することも絶対に許されない仕事。おれなんかでは息がつまりそうだ。

「だけどさ、失踪した女だけの問題だよな。ほかの研修生はどっかの工場で、ちゃんと働いているんだろ。だったら、いいじゃないか」

リンは軽蔑したようにおれを横目で見た。

「そうは問屋が卸《おろ》さないという慣用句がありますね。日本政府はそれほど研修生にやさしくはありません」

「どういうこと？」

「河南省にある送りだし組合では、茨城県のみっつの工場に現在二百五十人の研修生を派遣しています。失踪者がひとりでも発生すると、厳しいペナルティが待っています」

「じゃあ、逃げた女だけでなく……」

「そうです。その組合から派遣されているすべての研修生が強制退去になります。一度退去処分になれば、五年間は日本にもどれません。日本で働くには何百倍もの倍率を勝ち抜いて選別される必要があります。一度失敗した人間には、二度目のチャンスはない。送りだし組合もペナルティとして、三年間派遣を禁じられます。もちろん日本の工場も安価で優良な働き手を一気に失うことになる。関係者すべてにとって、悲惨な結末になるのです」

なるほど、それでようやくおれにも全体の絵が見えてきた。

「だから、そのなんとか省の組合では、日本語と中国語両方がつかえるアドバイザーを雇うわけだな。研修生が逃げださないようにしっかりと見張る。あんたはお目つけ役というわけか」

この黒いスーツの男は、研修生専用の刑務官なのだ。リンはにこりと子どもでもほめるような顔をした。

「素晴らしい。真島さんは頭がいいですね」

まったく感情を交えずにアナウンサー口調でそういわれると、ものすごくバカにされた気になる。おれはぶっきらぼうにいった。

「一週間しかないんだろ。その女の名前は?」

「郭順貴《クーシュンクイ》。十九歳。この写真の女性です」

土と同じ色をした掘っ立て小屋のまえに、白い半袖シャツのまじめそうな少女と年老いた女が写っている。若い女はなにかを憎むようにカメラを強くにらんでいた。なかなか整った顔立ちをしている。となりにいる女はよく似ているから血がつながっているのは確かだろうが、ひどく老けているので母親ではなく祖母なのかもしれない。

貧しさは人を早く老いさせる。

おれはパイプベンチを立ちあがっていった。

「さて、どうするんだ？　あんたが茨城からわざわざここにきてるってことは、なにかクーを捜す手がかりがこの街にあるんだろ」

リンはあわてなかった。足元においた黒いブリーフケースから、くしゃくしゃのちいさなチラシをとりだした。受けとって読んでみた。保障月収20万円、東京勤務、待同胞。それから携帯電話の番号が一列。最後に東龍とおおきくはいっていた。

「その東龍《トンロン》というのが、池袋の中国人組織です」

名前をきいたことはあった。表の世界でチャイナタウン構想が発表されるとしたら、裏ではその手の組織が根を張るのはあたりまえだった。どんな樹木でも枝葉と根は同時に成長する。

「だけど、ほかにしりあいでもいて、別な場所に逃げたって可能性はないのかな」

アドバイザーは腕を組んで考えこんだ。

「研修生は工場と寮の往復しかしません。そのチラシは寮の近くにあるコンビニで撒かれたもので、ほかにクーに接触した人間はいないと思います。仮に真島さんのいうとおりなら、わたしたちに打つ手はありません。二百五十人が強制退去させられて、組合は大損害です」

さて、どうするか。まだあまりに情報がすくなすぎた。東龍については悪い噂をいくつかきいている。

「悪いけど、おれは店に帰って、いくつか調べごとをしてみるよ。リンさん、あんたはどうする？　ちょっとその電話番号にかけてみるか」

「やめておきましょう。それより真島さん、小腹は空いていませんか」

昼飯をくってから、だいぶたっていた。おれは健康な男子なので、いつでもくいものと美人には飢えているんだ。

「空いてるよ。でも、あんた、どこで小腹なんて言葉覚えたんだ」

リンはスーツのポケットから手帳をとりだした。ぱらぱらとページをめくってみせる。

「毎日が勉強です。わたしは辞書を引かない日はありません。いきましょう、真島さん、わたしはチャイナタウンの様子を観察しておきたい」

黒いスーツの男は立ちあがり、おれたちは無言で春の公園を歩きだした。おれはウエストゲートパークをでるまえにいった。

「なあ、おれのこと真島さんて呼ぶのは勘弁してくれないか。なんか学校のセンセと話してるような気分になる」

リンがセルフレームのメガネをきれいな指先で押さえていった。

「では、なんとお呼びすればいいのですか」

「ただのマコトでいいよ。おれもあんたのことはリンと呼ぶ」

「わかりました。いきましょう、マコト。おいしい四川料理の店があります」

おれたちはぶらぶらと池袋駅まえをすぎて、西口にもどった。そのあたりのビルの半分にはなんらかの形で中国語の看板がかかっていた。中華料理屋ならまだはいりやすいが、中国系のネットカフェやむこうの映画やテレビ番組のＤＶＤをおいているレンタルショップなんかだと、さすがに日本人には敷居が高い。

リンは勝手をしった様子で、窓にべたべたと見たことのない漢字が張られた雑居ビルの地下におりていく。階段のステップも壁も脂《あぶら》ぎってべたべたしていた。店内は赤い短冊に墨と金のマジックで書かれたメニューが、びっしりと埋め尽くしていた。カウンターに座ると、リンがいった。

「本場の担々麵と水餃子たべますか、マコト」

メニューがまるで読めないおれはバカみたいにうなずいた。

「いいよ、リンにまかせる」

早口で中国語で注文してから、なにかコックと話している。おれはぼんやりとコックの顔を眺めていた。さすがのおれも言葉が通じないのでは、抜群の知性もユーモアセンスも発揮できない。リンの質問した内容が気にくわなかったらしい。最初は気のいい表情だったコックがなにかたたきつけるようにいった。

「リン、なにをきいたんだ。脱税の方法でも質問したのか」

リンはまったくあわてていなかった。相手が気分を害しても気にしない。このドライさは日本人とは異なるところだ。

「東龍に毎月お金を払っているのかとききました」

それは確かに不愉快な質問だ。

「で、こたえは？」

「このあたりの店はどこでも無理やりとられている。月に五万円だそうです」

ごつんと音がして、頭上から丼がふってきた。さっさとくってでていけという顔で、やせたコックがこちらをにらんでいた。おれは日中友好のために、おおいそぎで担々麺をすすりこんだ。汁なしの担々麺は辣油《ラーユ》と山椒が効いてなかなかの味だった。麺は日本のラーメンのようにもちもちではなく、ぼそぼそと粉っぽい。

おれとリンは中国系の店ばかりがはいった雑居ビルのまえで、携帯電話の番号とアドレスを交換して別れた。本業の店番にもどらなければならない。なにせトラブルは毎回おもしろいけれど、一円にもならないからな。趣味で金をとるなんて太い神経は、芸能人でないおれはもちあわせていない。


春のやわらかな夜がきた。

池袋駅まえにある店だから、静かとはいかないのがつらいところ。もっともおれは生まれてからずっと池袋の都市戸籍だから、やかましいのには慣れている。その夜もやけにパトカーのサイレンがうるさかった。警察署対抗のラリーでもやっているのだろうか。

夜九時すぎ晩飯を終えて、店先で携帯を開いた。選んだナンバーはサル、羽沢組の本部長代行だ。この街の裏側のパワーバランスには誰よりも詳しいおれの幼なじみ。

「やあ、おれマコトだ」

「なんだよ、このいそがしいときに」

　サルの声の背後に街のノイズがきこえた。目のまえの通りを赤色灯を回転させてパトカーが駆け抜けていった。同じサイレンの音が携帯からもきこえてくる。これがほんとうのステレオ効果。

「どこにいるんだ、サル」

「おまえんちの近く。池袋演芸場の先にある中華料理屋だよ」

　よくよく中国づいた日だ。

「そんなとこでなにやってるんだ」

「なんだ、マコト、その件をききたくて電話してきたんじゃないのか」

　おれは店をでると、背伸びして西一番街中央通りの先に目をやった。たくさんのやじ馬が携帯を手に走っていく。

「いいや違うんだ。ちょっとサルに東龍についてききたくてさ」

「だったら、同じネタだろうが。おふくろさんに店番代わってもらって、すぐにこい」

　しかたない。一日に二度も韓流ドラマの途中で邪魔をするのは、あとあと恐ろしいペナルティをくらいそうだが、おれはおふくろにひと声かけて店を離れた。


　その店はおれがガキのころからある古いラーメン屋だった。昔ながらの鶏がらベースの醤油味甘口ラーメンが売りの店だ。店のまえにはパトカーが三台ならび、電柱とパイロンを結んで規制線が張られていた。黄色いテープぎりぎりのところで、やじ馬が携帯電話で写真を撮っている。

おれはなんとか人波をかきわけて最前列までいった。サルが若い衆を連れて店のほうをにらんでいる。ひびのはいったガラス戸が開いて、腰縄と手錠をかけられた男が警官につきそわれてでてきた。全部で三人。肩に赤い龍の刺繍《ししゅう》がはいったそろいのスタジャンを着ていた。まだ学生といってもいいくらいの年齢だ。

そのうちのひとりがサルに気づいて、にやりと笑った。

「野郎……」

サルが口のなかでつぶやいた。抑えた分だけ怒りの伝わる声。頭に血染めのタオルを巻いた店主がでてきた。ふらふらと救急隊員にむかっていく。

「いったい池袋はどうなってるんだ」

まったく、この街はどうなっているのだろう。目のまえで事件を見ているはずなのに、おれはその他大勢のやじ馬と同じで、事態がまったく見えていなかった。こうなったら専門家の話をきくしかないだろう。サルがいった。

「これ以上ここにいてもしかたない。いくぞ」

サルは肩で風を切って、まだふくらみ続けているやじ馬の集団から離れた。おれもあとに続く。

「やつらがいよいよやりやがった」

今回のサルはひどく腹を立てている。おっかない。おれはいつもの類人猿と低身長に関するジョークを封印して、サルと春の夜を歩いた。

ロマンス通りのカフェにはいった。つきそいの若衆は店のまえで帰している。サルはエスプレッソをひと口でのみきるといった。

「マコトもドラゴンがらみのトラブルか」

事件の様子はまるでわからないが、おれは適当にうなずいておいた。

「やつらをとめられるなら、うちのおやじからたっぷり報酬がでるぞ」

悪くない話だが、研修生の失踪とは関係がない気がした。

「さっきのラーメン屋の騒動はなんだったんだ」

街の騒動は、透明人間のようなものだ。誰にも実際なにが起きているのか、見えていない。サルは舌打ちしていった。

「あの小陽楼という店はな、かれこれ二十年はうちにみかじめを払っていた」

「いくら？」

サルは苛立《いらだ》ちを隠そうとはしなかった。静かなカフェのなかでウエイターに叫んだ。

「同じのもう一杯くれ」

声をさげて続ける。

「さあ、そんなことといちいち覚えていられるか。だが古顔だし、たいしてもうかっていない店だから、月に三万というところじゃないか」

おれも伊達《だて》に池袋で育ったわけじゃない。それだけで透明人間がおぼろげに見えてきた。

「さっきのスタジャンは東龍のやつらだな。羽沢組がみかじめをとってる店に、横からちょっかいをだしてきた。あの店のコックって中国人なのか」

「いいや、違う。だが、やつらの理屈じゃあ、この池袋で中国の看板をあげてる店は全部自分のところの縄張りなんだろうな。あの店にドラゴンがやってきたのは、今日で三回目だ。店主がみかじめ料を断ったんで、店のなかで暴れだしたんだ」

「さっき、ガキがサルを見て笑ってたな。東龍って、そんなにおおきな組織なのか」

「いいや、たいしたことはない。おれのきいた話じゃ、全部で五〜六十人ということらしい」

それなら池袋のビッグ３、羽沢組の敵ではないはずだ。

「じゃあ、楽勝だな」

サルは深々とため息をついた。


「そうはいかないのさ。敵はなにもドラゴンだけじゃないからな」

いまや世界中の金融機関は今回の危機で、でたらめな資本提携に走っている。サルの話によると池袋のアンダーグラウンドも事情は同じらしい。

「京極会だ」

おれはサルの苛立ちに納得した。京極会は関西に本拠をおく日本最大の組織暴力団の東京支部だ。

「だけど、なんで東龍と京極会が手を結んだんだ？」

「簡単さ、二百軒も中国系の店はあるが、日本人では中国人相手になかなかみかじめ料はとれない。だからドラゴンにみかじめをとらせて、京極会はそこから吸いあげればいい。その代わり、ドラゴンは京極会の力をうしろ盾にして、この街で好き勝手ができる。正面からあそことドンパチやろうって組織はどこにもないからな」

おれもため息をつきそうになった。問題はどんどん複雑に、こちらに不利になっていくばかりなのだ。

「だったら、これから羽沢組はどうするんだ」

「わからない。だが、二十年もうちにみかじめを納めていた店が襲われたんだ。うちのおやじにもメンツがある。黙っているわけにはいかないだろう」

京極会と羽沢組がまともにぶつかれば、池袋に安全な場所はなくなるだろう。この問題を解消するには、東龍をなんとかこの街から追い払う以外に手はなかった。暴れる龍を退治するにはなにが必要なのか。久々におれの頭がフル回転を始めた。

「それよりマコトのほうは、なぜドラゴンを追ってるんだ」

面倒だが失踪した研修生の話をしてやった。サルはおかしな顔をして、話をきき終えるといった。

「そんな女を集めて、なんの役に立つんだろうな。まともな仕事はさせられないんだろ。マコトはその中国人から、もっとドラゴンの情報を集めてくれないか。こっちもなにか動きがあれば連絡する」

わかったといって、おれはカフェをでた。ゆっくりと遠まわりして、自宅にむかった。街はいつも変化している。そこに住むおれでさえ、ゆっくりとした変化にはなかなか気づかないものだ。もう真夜中に近いが、中国系の店はどこもまぶしいくらいの明かりをつけていた。路地のあちこちで、まるでけんかでもしているような中国語が耳にあたる。

おれはこの街のどこかに潜んでいるかもしれないクーという女のことを思った。中国の貧しい農村に生まれ、茨城の工場で日本人の誰もやらない仕事をして、今はこの副都心のどこかで息をひそめている。発見されれば、すぐに強制送還なのだ。

この街の豊かさや色とりどりのネオンサインを、研修生はどう見ているのだろうか。なんだかその夜の池袋は、おれにもまるで異国の都に見えてきた。

住み慣れた街で旅人になる。おれもすこしは大人になったのかもしれない。


翌日の遅い午前、春の果物をならべていると、黒いスーツがやってきた。

「もうすぐ終わる。ちょっと待っていてくれ」

リンは店のまえの歩道で、よくしつけられた犬のように姿勢ただしく立っていた。商売ものをすべて規定の位置に配置すると、おれは店を飛びだした。店番から解放されるこの瞬間がこたえられない。生きているというのは予期せぬトラブルに巻きこまれることだ。

「待たせたな。リンは昨日の夜の事件の話はしってるか」

上品にうなずくとアドバイザーはいった。

「ええ、きいています。東龍が西一番街のラーメン屋を襲撃したそうですね。わたしのほうからもちょっとしたニュースがあります。龍の子に話をきくことができそうなんです。マコトもいっしょにきますか」

さすがに同じ大陸生まれ、リンは強力なコネクションをもっているようだった。

「ああ、いくよ。それより東龍と京極会の件をしってるか」

おれたちはドラゴンのメンバーと待ちあわせをしている劇場通りにむかった。サルから仕いれたばかりのホットなネタを流してやる。リンはあまり日本の暴力団には興味がないようだった。

「無関係《メイクワンシー》。わたしたち中国人と日本の組織は関係がありません。東龍だけを相手にしたほうがいい。わたしに関心があるのは、池袋の街でも暴力団でもない。クーのゆくえだけです。そちらのほうはマコトがお好きなように。わたしは……」

リンはメガネの位置を直すと、ひどく冷たい声でいった。

「メイクワンシー」


ちょうど正午だった。

芸術劇場裏の歩道にリンと立っていると、目のまえにレクサスのＲＶが滑りこんできた。発売されたばかりのニューモデルで、色は純白。サングラスをかけたガキがドアを開けるといった。

「早くのれ！」

なにか嫌な予感がした。このクルマはいったいどこにいくのだろうか。おれはリンと顔を見あわせた。だが、ここでトラブルからおりるわけにはいかない。もう池袋の街も、龍も動きだしているのだ。

リンが先に後部座席にのりこんだ。新車特有のにおいがする。おれも覚悟を決めて、レクサスに腰をすえた。ことわざにもあるよな。

龍穴にいらずんば、龍玉を得ず。あれは虎だったっけ。まあ、いいだろう。おれたちが探しているのは、この街の平和と二百五十人の研修生の安全を実現するドラゴンボールで、そいつは東の龍がどこかに隠しているはずだった。

助手席の男がいった。

「悪いが、ふたりとも目隠しをしてくれ」

思い切り気がすすまなかったけれど、おれはわたされた紫のバンダナを頭に巻いた。こんなときでもリンは妙に落ち着いていた。メガネをていねいにはずしてから、バンダナをつける。

おれは冷たい荷物になった気分で、レクサスの揺れに身体を預けた。


目隠しをされてクルマにのっていると、自分が旬のフルーツにでもなった気がしてきた。それもひとつ五千円のエメラルドメロン。新しいレクサスのRVは恐ろしくなめらかなのり心地で、傷ひとつつきそうもない。

おれのとなりから、リンの息づかいがきこえてきた。こちらのほうは冷静で、まったく乱れはない。東龍のアジトに連行されているのにたいした度胸だ。

「うちの店は夕方からいそがしくなるから、それまでに帰してくれよな」

おれがそういうと、胸をなにか硬いもので突かれた。日本語はわかるようだが、冗談はつうじないらしい。果物屋の店先と池袋のストリートで磨きあげてきたおれのコミュニケーション能力に効果がない。ピンチかもしれない。

　レクサスが何度か角を曲がると、自分がどこを走っているのか想像もできなくなった。二十分ほどして、ＲＶはそっと停車する。ドラゴンのドライバーがいった。

「ここでクルマをおりろ。目隠しはつけたままだ。余計なことをすると、こうなる」

　おれの耳元でバチバチと電気スパークの鳴る音がした。空気の焦《こ》げるにおいが流れる。ごていねいなことに改造スタンガンでももっているのだろう。リンの標準語はこんなときでも、憎らしいほど落ち着いていた。

「わたしたちは話しあいにきました。暴力や強要は無用です」

　研修生のお目つけ役というより、弁護士みたいな男。レクサスをおりると、すぐにドラゴンがいった。

「そのまままっすぐすすめ。足元に段差がある。その先はエレベーターだ」

　なんだか白黒のスパイ映画みたいになってきた。おれとリン、それに東龍のメンバーは金属の箱にのりこんだ。扉が閉じるときに、かすかに金属のきしむ音がした。目を閉じて空中に引きあげられるのは、おかしな気分だ。釣られた魚にでもなったみたい。

　そうやって、おれたちは龍の口のなかにのみこまれていった。


「目隠しをはずして、いいぞ」

　紫のバンダナをむしりとった。薄暗い部屋だった。かなり古いようだ。窓には目張りがしてあり、春の陽光ははいってこない。灰色のスチールデスクがならび、てまえには黒いビニールレザーのソファセットがおいてある。そこにダークスーツの男が座っていた。よく日焼けしたベテランプロゴルファーみたいな筋肉質の男。おれとリンは指導される生徒のように男のまえに立っている。リンがいった。

「こんにちは、楊峰《ヤンフェン》さん。おいそがしいなか、お時間を割いていただいて感謝します。わたしは林高泰《リンガオタイ》です」

どこまでも礼儀正しいイケメンだった。リンにとっては、こいつもうひとつのビジネスミーティングなのかもしれない。おれは改めて足を開いて座る男に目をやった。こいつが東龍のボスか。おれは生まれてからずっと池袋で暮らしているが、まったく見たことのない顔だった。

「おまえが河南省の組合のアドバイザーか。猟犬のように研修生のまわりをかぎまわって、ご苦労なことだ」

おれは不思議だった。楊もリンもおれが池袋の裏通りで出会うガキどもより、ずっと日本語が達者だったからだ。東龍のボスが目を細めて、おれを見た。

「あんたが真島誠か。あちこちで噂はきいてる。中国人なのに日本語がうまいのが、そんなにめずらしいか」

容易に顔色を読まれるようでは、おれは交渉人失格だ。横目でリンを見てからいった。

「気にしないでくれ。今回の件では日本語のうまい外国人ばかりに会うんだ」

楊は日焼けした顔を渋くゆがめた。

「おまえはわかってないな。おれの名は楊峰だが、日本名ももっている。れっきとした日本人だ。

中国残留孤児の二世だよ。ずっと日本で暮らしているんだから、ここの言葉がうまいのはあたりまえだろう」

楊はじっとおれをにらみつけた。春が真冬に逆もどりしそうな視線。

「おまえたち日本人は、おれたちを血に飢えた獣みたいに考えているようだが、それは違う。残留孤児の二世三世のほとんどは親に金がなくて、学校もろくにかよえなかった。まともな仕事もコネもなく、誰にも守ってもらえずに、この国のシステムからはみだしてしまった。そいつらをおれが束ねている。やつらが街に散らばっているより、組織においておいたほうがずっと安全だろう。真島、おまえとは長いつきあいになるかもしれない。それだけは覚えておけ」

池袋に根を張るつもりなのだろう。二百を超える中国系のショップはみかじめ料だけでもいい金づるになる。おれはうなずいた。

「わかった。覚えておくよ。あんたも羽沢組や豊島開発なんかに話をとおしたいときは、おれの名を思いだしてくれ。とくにぶっそうなことになりそうだったらな。おれはこの街で生まれ育ってるし、この街が好きだから、争いごとが嫌いなんだ。そいつを避けるための手伝いなら、東龍のためにでも働くよ」

楊が目を細めておれを見た。こんな危険な男に値踏みされるのはいい気もちではなかったが、それもおれの仕事の一部だ。

「そうだな。中池共栄会の長老も、でいりがあれば街から人出が引いていくといっていた。おれもおまえを覚えておこう、真島」

「マコトでいい。依頼人はみな、そう呼んでる」

東龍のボスはにやりと唇の片端をつりあげる。『レッドクリフ』にでてくる将軍みたいだ。


リンが黒いスーツのポケットから、一枚のチラシをとりだした。

「これはあなたがた東北グループが作成したものですね」

保障月収二十万円。東龍の電話番号のはいったチラシだった。楊はちらりと紙切れに目をやると、役者のように笑った。

「そうだな、それはうちがつくったものかもしれないし、そうではないかもしれない。このところうちの看板を偽って商売をしようという悪質なやからが多くてな」

リンはボスのいうことなどかまわなかった。

「わたしたちが捜しているのは、茨城県日立市郊外の縫製工場から逃走した河南省の女性研修生です。名前は郭順貴」

東龍のボスはまったく顔色を変えなかった。こういう相手と博打《ばくち》は張りたくないものだ。

「郭は工場と宿舎の往復しかしていない。日本で誰かと接触できるのは、送迎バスが毎日停車する国道沿いのコンビニだけだった。このチラシはそこで撒《ま》かれていたものです」

「そうか」

またも楊は平然としたものだった。

「あと六日で工場に査察がはいります。その時点で郭がもどっていなければ、どういうことになるのか、楊さんには容易に想像がつくはずです」

同情のかけらもない声で、東龍のボスはいった。

「連帯責任でまとめて強制送還。きわめて日本的だ」

「ですから、こうして長老のお力添えをいただいて、楊さんにお話をしにきました。もしこの女性に似た人がいたら、わたしたちが捜していると伝えてもらえないでしょうか。よろこんで迎え、なんのペナルティもなく、元の場所にお連れしますと」

楊が大口を開けて笑い始めた。おれたちのうしろに立っていた数人の東龍のメンバーもあわせて笑いだす。

「もし、仮に郭をうちが預かっているとする。その女をおまえたちにもどせば、どうなるのか。マコト、おまえはわかっているのか」

おれはそのとき研修生の暮らしも、派遣社員よりもさらにしたにある階級のことも、まるでわかっていなかった。あてずっぽうでいった。

「また元の工場で働くんだろ」

楊はじっとおれを見てから、ゆっくりと首を横に振った。

「そうだ。日本人なら誰もやりたがらない仕事に逆もどりだ。郭という女の時給は二百七十円かもしれない。残業代は割り増しがついても三百五十円にしかならないかもしれない」

「そんなはずはない。日本には最低賃金というものがある。法律で決められているんだ。茨城だって一時間七百円はするだろう」

にやりと笑って楊はあごの先を横に振って見せた。

「おれにきくより、となりのやつにきけ。工場はきっと最低賃金はだしてるさ。そいつが働く組合と日本側のブローカーが金をなか抜きしてるんだ」

おれは黒いスーツを着たアドバイザーのほうをむいて叫んだ。

「ほんとうなのか、リン」

リンはなんの感情も見せずにあっさりといった。

「事実です。その数字は正確ですから、郭はあなたのところにいるのかもしれない。もちろん、いないのかもしれませんが」


おれは頭のなかで計算していた。時給三百円弱では、どれほど残業しても月収十万は困難だろう。せいぜい七〜八万が限界だ。東に黄金の国があると信じて、借金をして海をわたり、3K仕事で稼いだ金の半分以上をピンはねされる。どこの国に生まれても、下流のやつは痛めつけられるようだ。

リンは機械のようにいった。

「確かに組合とブローカーは手数料をいただいています。ですが、それは正規のマージンで、法的に禁じられたものではありません。あなたがた東龍のほうこそ、定期的に研修生・実習生をスカウトしていますね」

おれのしらない事実がぞろぞろとでてくる。これからは面倒だから、こういう外国人がらみの事件には絶対に手をださずにおこうと思った。楊の顔は鏡のようだった。おれたちの視線を平然とはね返して、傷ひとつつかない。

「あなたがたは足抜けさせた研修生を、不法就労させてマージンをとっている。それでは、わたしたち組合のことを非難できないのではありませんか」

おれはリンと楊を交互に見つめた。これほど異なった種類の男が属する組織が、結局は同じ方法で利益を得ている。そいつがひどく不思議だった。貧しい人間から、合法的にあるいは非合法に収奪する。どうやら日本だけでなく、貧困ビジネスは世界的に大流行のようだ。楊はしぶとかった。

「この五年ほどで、脱走者は四千人を超えている。これがどういう意味だかわかるか、マコト」

おれにはなにも返事ができなかった。リンの仕事を簡単に請けたのは失敗だったのかもしれない。

「郭のように足抜けをする女はこれからも無数にでてくるということだ。そこにいる役人面をした男たちが、やつらから不当に搾取するのをやめなければな。おれたちは無理やり研修生を拉致してるわけじゃない。やつらのほうから、助けてくれと駆けこんでくる。おまえのような第三者の日本人から見たら、うちは慈善事業みたいなものだと思わないか」

おれはあせってリンを見た。この男も楊と同じだった。なにをいわれても平然としているのだ。中国人を相手に交渉するのはよほどタフでなければつとまらない。リンはしぶとく微笑みを浮かべていった。

「楊さんのいうことにも一理あります。ですが、逃げた研修生が指定外の仕事に就けば、それは即座に不法就労になります。入管法違反で、見つかれば強制退去です。日本国の法律がどちらの側にあるか、それは最初から明らかです」

東龍のボスが歯をむきだして笑った。強い意志によってつくられた笑顔は、ほんものの龍のように強靭《きょうじん》で獰猛だ。

「郭は六人でチームを組まされ、一日三交代十二時間働いていた。夜勤には日本人はひとりもいない。研修生だけだ。休みは十日に一日で、寮からの外出は固く禁じられていた。パスポートもとりあげられ、契約に違反した場合の違約金は二十万元だという。マコト、こういう奴隷契約が、日本では合法なのか」

もうおれにはどちらがただしいのか、まったくわからなくなった。一刻も早く西一番街にもどって、旬のさくらんぼでも売っていたい。

「おれは法律はよくわかんない。でも、郭という女が逃げたのには、ちゃんとした理由があるとわかったよ」


「マコト、だまされてはいけません」

リンの声は真剣だった。おれがやつに目をやると、アドバイザーが見つめ返してきた。出会ってから初めての熱が、やつの切れ長の目に宿っていた。

「郭順貴は容姿の優れた女性です。東龍がそうした脱走者に用意するのは、風俗産業なのですよ。いつ強制退去させられるかわからないのでは、稼ぎかたがどうしても荒っぽくなります」

楊が口をはさんだ。

「だが、数カ月で三年の研修期間分は稼げる。脱走者は自由意思で働いている。やつらは今度は奴隷じゃない」

「それは違法な仕事で、そのうえ人に誇れることではありません」

おれは頭を抱えそうになった。池袋の中国系組織のアジトで裁判員をやらされるとは想像もしていなかった。それも簡単にこたえのだせるような問題じゃないんだ。

「マコト、この男は不法就労ばかりいい立てるが、ひとつ覚えておけ。おまえが誰かを雇うなら、不法就労の中国人を選ぶといい。こいつは鉄板だ。やつらは雇い主に文句はいわない。日本語も問題ない。身を粉にして人の三倍働き、決してトラブルを起こさない。給料も安くすむ。どんな日本人よりも研修生よりも、まじめでしぶとい働き手だ。そういうやつらを法に反しているからといって、国から放りだす。それが果たして、この街のために役立つのか」

楊は頭の切れる男だった。たくさんの言葉をためらいなくつかい、相手の弱いところを突く。おれはリンの横顔を見た。どこか淋しげな表情だと思ったのは、おれの気のせいだろうか。楊は最後にとどめを刺した。

「忘れるなよ、今東京で暮らしている人間の百人にひとりは中国人だ。おまえたち日本人がおれたち残留孤児にしたように、いなかったことにして無視するのは、もう不可能なんだ。日本人よ、自分の頭で考えるがいい」

そいつがおれが東龍のアジトで、ドラゴンのボスからだされた宿題だった。

やれやれ、気が重い。おれはガキのころから、宿題は大の苦手。

帰りはまた目隠しをされた。

レクサスが到着したのは、西口公園の芸術劇場側の出口だった。のどかな公園では、またもギター弾きと将棋大会。脱走も不法就労も夢のなかの話のようだ。ここにいるたいていの日本人には、中国人研修生など透明人間と同じなのだろう。どこかの山のなかの工場や社員寮に閉じこめられていたのでは、そいつも無理はない。

リンとおれはぶらぶらと黒い知恵の輪のような巨大な彫刻の足元を抜けて、円形広場にむかった。ステンレスのパイプベンチは、春の日ざしを浴びて暖房便座のようにあたたかい。おれはいった。

「今回の話は誰が正しいのか、ぜんぜんわからなくなった」

おれは疲れきっていた。東龍のボスのプレッシャーと難解な宿題で頭が痛い。

「マコト、わたしも楊と同じようにひとつ忘れないでほしいことがあります」

「なんだよ」

リンは正面をむいたまままいった。

「研修生に選ばれるのは、宝くじにあたるのと同じくらい中国の農村では幸運なことなのです。楊のいうように組合は貧しい人から奪っているのかもしれない。ですが、厳しい仕事でも最後まで働きぬいた研修生は、年収の二十年三十年分の貯金をして中国に帰国していきます。それは彼らにとっては、とてもラッキーなことなのです。郭とともに海をわたったほかの二百四十九人には罪はありません。彼らすべての夢を、郭ひとりの脱走のために潰してしまうわけにはいかない。わたしもうちの組合が絶対に正しいとは考えていません。ですから残った人々のことだけは忘れないでください」

　春のビル風が広場をやわらかに抜けていく。この風に毎年吹かれるだけで、おれは十分に幸福だった。だが、三年の奴隷労働で生涯賃金を稼ごうと思い定めるほど、おれも池袋という街も貧しくはない。ただそれだけのことかもしれない。豊かでスポイルされた高度資本主義の甘えだ。

「ああ、わかった。とりあえず、おれはまだリンの味方だよ」

　そのときリンはくすりと笑った。

「あの楊という男は、日本で長く暮らしすぎたのです。自由や平等や人権をうるさく主張しすぎる。資本主義の毒にあてられたのでしょう」

　走資派の毒には東龍のボスだけでなく、中国奥地のどんな秘境に住む人間だって、もう骨の髄までやられている。それが今の地球で生きるということだ。そういいたかったが、おれは黙っていた。その代わりにおれは質問した。

「なあ、リンって、なに人なんだ」

　意表を突かれたようだ。リンの表情がフリーズしたディスプレイのように一瞬静止した。

「生まれも育ちも中国ですが、わたしは現在、法的には日本人です。ですが、ほんとうのところは、わたしにもよくわかりません。わたしの血のなかには故郷の土と水と空気が分離できないほど密に混ざりこんでいる。こうしてネクタイを締め、スーツを着て、副都心の公園にいても、わたしはすべて幻のように感じることがあります」

　端正な日本語でアドバイザーはそういった。なめらかな標準語の裏に、氷のような淋しさを感じた。この男も自分の仕事を信じているわけではないのだろう。ただやらなければならないから、やっている。まあ、誰にとっても仕事ってそんなもんだよな。

「わかったよ。さあ、つぎはどうする？」

リンはベンチを立ちあがると、背筋をまっすぐに伸ばした。

「東龍にもうすこし圧力をかけなければなりません。夜にはまた連絡をいれますから、マコトは待機していてください」

おれはわかったといって、昼さがりのウエストゲートパークから歩いて帰った。池袋の街角では、あちこちで花火のように中国語が飛び散っている。

自分の生まれた街がチャイナタウンになるのは、やっぱりおかしな感じ。


果物屋にもどって、店番を始めた。

店先のCDラジカセには、リンにぴったりのディスクをのせた。『中国の不思議な役人』はバルトークのパントマイムのための劇音楽。一幕もので三十分ばかりの曲だから、クラシックが苦手なやつにでも気軽にきけるかもしれない。

だが、内容ときたら例によって恐ろしい話。三人組の悪党が若い女に男を誘惑させる。引っかかったのは奇妙な服を着た中国の役人。部屋に誘いこまれた役人は身《み》ぐるみはがされ、男たちにナイフで三度腹を刺されるが死なないのだ。役人はシャンデリアから首を吊られても、不死身だ。まあ、最後には若い女の腕のなかで息を引きとるんだが、その不死性がなんだか金融危機でもくたばらない今の中国みたいで、実に怖くておもしろい。

おれはものすごく高級な怪奇映画のサントラみたいなＣＤを無限リピートさせながら考えていた。郭順貴《クーシュンクイ》という幻の女と何度腹を刺されても死なない楊峰《ヤンフェン》と林高泰《リンガオタイ》のこと。黄金の夢を見て海をわたり、工場と寮しかこの国を見ずに、預金通帳一冊もって帰国するのは、どんな気分なんだろうか。おれがセンチメンタルなムードで西一番街の歩道を眺めていると、おふくろがいった。

「なにしょぼくれてんの。ちゃんと店番しなくちゃダメじゃないか。そんな不景気な顔してたら、客だって寄りつかないよ」

おふくろのいうとおりかもしれない。おれだって悩んでいるときのおれから、マスカットオブアレキサンドリアを買いたくはない。

「悪いな。いいこと教えてやるよ。つぎに店番を雇うときには、不法就労の中国人を雇うといい」

おふくろは頭がおかしくなったんじゃないかという顔をして、おれを見た。

「おれの半分の給料で、三倍働くんだってさ」

にやりと笑って、敵はいった。

「わかったよ。そんな優秀な店番がいるなら、すぐに連れてきな」

豊島区に失業者がもうひとり増加するところだった。おれはやる気があるところを見せるために、バルトークからＡＭラジオに切り替え、店先の掃除を開始した。


その日はいい天気だったので、果物はまあまあの売上。やっぱり野菜とは違って、フルーツは天候や気分に左右される。十一時近くなり店じまいをしていると、おれの携帯が鳴った。池袋のビッグスリーのひとつ羽沢組の本部長代行、われらがサルからだった。

「おい、ちょっとでてこられるか」

おれは閉店間際のくたびれた店内を見わたした。

「あと十五分あれば、だいじょうぶ」

「だったら、メトロポリタンホテルのバーにきてくれ」

おれは思わず声をあげてしまった。

「おまえがホテルのバーなんて、いったいどうしたんだ。婚約者でも紹介してくれるのか」

「やかましい、マコト。十五分だぞ」

それだけいうと通話は切れた。おれとのむときはいつも西口か北口の居酒屋ばかりのサルだった。いったいやつになにが起きたのだろう。おれは猛然と店じまいにとりかかった。


天気のいい春の夜に外出する。

それも深夜に外出するのは、実に気分のいいものだ。厳しい冬を今年ものりきった、これからいい季節が始まると全身で感じられるからだ。おれは春の夜の風が四季をつうじて一番官能的だと思う。きれいな手をした若い女の指先が全身を軽くこするようにとおりすぎていく。いつまでも夜のなかを歩きたくなる。

おれが西口のホテルに到着したのは、十一時をすこしすぎたころだった。この時間ロビーはひっそりと静かだ。二階にあるバーにむかう。ここは池袋署の署長以外とはめったにこない場所だった。バーのなかは薄暗く、客はわずかだった。壁を埋める酒瓶は宝石店の陳列ケースみたい。なぜ高い酒はあんなにきらきらとしているのだろうか。

長いカウンターのわきにあるテーブルに、腕組みをしたサルが座っていた。対面にはリンと見しらぬ顔の男。それも危険な世界にいるやつ。雰囲気で中国人だとわかった。服の着こなしと髪型が、どこか日本人とは違う。

おれはサルのとなりの席に座り、ウエイターにジントニックを注文した。サルが腹を立てた様子でいった。

「なんで、マコトをこの席に呼ばなくちゃならないんだ」

サルにしたら、ひどく険しい表情。おれはいった。

「リン、なんでサルをしっているんだ」

リンはこんなときでも、まるで感情を見せなかった。超然という。

「最初にこちらのかたを紹介しておきましょう。胡逸輝《コイッキ》さん、池袋にある上海グループの渉外担当をなさっています」

カミソリのように薄い目をして、男はおれをにらんでいた。年は三十くらいだろうか。サルがいった。

「マコト、本来ならおまえはここにいる人間じゃない。いいか、実際にはおまえはここにはいないんだ。この場できいたことは誰にも話すな。ここではおまえは誰にも会っていない。それでいいんだよな、胡さん」

上海グループの男はＤスクエアードの新作ブルゾンを着ていた。黙ってうなずく。どんなにポップなブランドものでも暴力のにおいというのは消せないものだ。おれはいつもの冗談をいう気にもならなかった。

「わかった」

リンのまえにはペリエのボトルがおいてあった。この男だけが素面《しらふ》のようだ。

「このバーは十二時で閉店です。手早く話をすすめましょう」

役人のように議事進行を図っている。おれは届いたロングカクテルをひと口やっていった。

「なんの話だ」

リンは表情を消したままいった。

「東龍《トンロン》襲撃計画です」

「なんだって！」

クローズ間際の静かな高級バーに、おれの声が響きわたった。

けれどホテルのバーというのは、すかした場所だ。身なりのよくない街のガキがひとりくらい驚きの叫びをあげても、見事にあの静寂のなかに吸収してしまう。誰もおれのことなど気にしてはいなかった。遠くで身なりのいい誰かが声をひそめて話し、グラスをコースターにもどすくぐもった音が重なるくらい。おれは低く叫んだ。

「襲撃だって……そんな話きいてないぞ、リン」

サルが腕組みを解いて苦々しげな顔をした。

「だからいっただろ。こいつは暴力が嫌いなんだ。文科省推薦のトラブルシューターなのさ」

リンの顔は真剣だ。

「残念ですが、あと六日しかありません。楊の様子では、このままでは郭順貴の回収については平行線で終わりそうです。なんとか揺さぶりをかけなければいけない。もう手段を限定している場合ではありません。わたしは組合の上部から、命令を受けています」

一気におれの熱が冷めていった。おれはいつだって、問題解決の手段として暴力は最小限に収めていたつもりだ。血を見るのが嫌いなのだ。それはどんな間抜けや犯罪者相手でも変わらなかった。サルがにやりと笑う。

「おまえ、しってるか。池袋の中国街でも、裏の世界は一枚岩じゃない。チャイニーズマフィアにも東龍みたいな東北系残留孤児のグループもいれば、福建や上海なんかの南方出身もいるし、昔ながらの台湾系もいる。うれしいことに、中国人同士はおたがいひどく仲が悪いんだとさ」

胡がサルをにらんで、なにか早口の中国語でまくし立てた。最後に舌打ちをする。リンがうなずいてから上品に訳した。

「あなたがた日本人と同じだといっています。京極会、羽沢組、豊島開発、その他大勢。日本の組織同士もみな仲が悪い」

おれにも異論はなかった。なぜか世界中のどこの国でも、その手の組織はおたがいがおたがいにとって最悪の敵なのだ。サルがいった。

「まあ、そうだな。別にうちのほうは上海と手を組むわけじゃないから、どうでもいい。東龍のガキを襲って、痛めつければそれでいいんだろ。あのラーメン屋の件もあるから、うちのおやじも若い衆もよろこぶだろう」

リンはうなずいた。

「はい、とりあえず一度だけ小規模の仕かけをお願いします。ただし死者をだしてはいけません。それではこの街のイメージダウンになりますし、中国街の長老たちもよろこばない。それは胡さんのほうでも同じです」

上海系マフィアの男は話すのは苦手でも、日本語はよく理解できるようだった。黙ってうなずく。

「マコト、あなたにはこれから働いてもらわなくてはいけない。今回の作戦は気にいらないところがあるかもしれませんが、きちんと話をきいておいてください。陽動をかけたら、また東龍のボスに面会を求めなければなりません」

おれはだんだんといらついてきた。この元中国人はいつもなら、おれがやる役をすべて自分でこなしてしまうのだ。

「なあ、リン、あんたがそれだけ池袋で動けるなら、おれは必要ないじゃないか。圧力をかけて楊が音《ね》をあげる。それで逃げた女は手にはいるんだろ。よくできた筋書きだが、どこにおれが必要なんだ」

そいつはずっと感じていたことだった。リンは中国系の長老だけでなく、羽沢組にまでコネがあるようだ。おれなんかがでる幕はない。リンはかすかに悲しそうな顔をした。

「マコトのいうとおりです。でも、最後に重要な役が待っています」

サルがおれのほうを見ていた。上海系の男も薄い目でこちらをにらんでいる。リンは時間をおいてからいった。

「郭順貴はわたしたちの組合をもう信用していません。それは楊のことも同じでしょう。どこにいっても同胞に散々搾取されてきたのですから。だから、第三者の仲介が必要なのです。それも日本の公的な機関ではなく、一般市民のほうがいい」

リンはじっとアナウンサーのような顔で、おれのほうを見つめてきた。なんだか尻がむずがゆくなってきた。

「わたしはあなたがこの街でおこなってきた数々の仲裁について調べました。あなたの最上の能力は、推理でも捜査でもなく、対立している両者のあいだに和解を促す力のようだ。わたしは上司の命令に反して、その力にかけてみようと思ったのです」

リンの目におかしな熱がこもっていた。

「うえからの命令ってどんなやつだ」

リンは微笑んで見せた。

「郭順貴の強制的な身柄拘束です。けれど、その方法がうまくいくとは思えない。わたしたちは力ずくで郭を工場に連れもどすこともできますが、それではいつつぎの脱走が起こるかわからない。あと二年半以上も契約は残っている。なんとしても郭には自分の意思で工場にもどってもらう必要がある。わたしはそう判断しました」

そうなるとおれの仕事は重要だった。なんと奴隷契約の現場にもどれと若い女を説得する役である。うららかな春に、もっともやりたくない仕事。

「おれが嫌だといったら、どうなるんだ」

リンは感情を交えない声でいった。

「組合も二百五十人の研修生の強制退去とこれから三年間の派遣禁止にはナーバスになっています。工場で郭にどんな仕打ちが待っているのか、わたしは想像したくありません」

茨城の山のなかの工場と寮だ。日本の官憲の目はいき届かないかもしれない。気がついたら、おれはため息をついていた。

「やるしかないのか」

まったく自信のない仕事内容だった。第一いくら中国内陸部よりも高給でも、おれはまだ時給二百円台の仕事に納得できたわけじゃない。サルが笑って、おれの肩をたたいた。

「なるほど、おもしろい話だ。女が苦手なこいつが、どんなふうに研修生を説得するのか。そいつは見物だな」

おれはだんだん腹が立ってきた。カウンターの奥にある酒瓶に目をやる。ウエイターに叫んだ。

「ロイヤルサリュートの三十八年、ダブルのオンザロックで」

一杯いくらになるのか想像もつかなかったけれど、いい気味だ。どうせここはリンのおごりだろう。おれはこんな席で一銭も払う気はない。


バーをでたのは真夜中の十二時。サルと胡がタクシーで消えて、おれとリンが残された。ウエストゲートパークを酔っ払ったおれが歩いていくと、なぜかリンがあとをついてきた。

「なんだよ、おれは明日も仕事がある。帰って寝るだけだぞ」

リンのリボンのように細いネクタイの先が風に揺れていた。アルコールは一滴ものんでいないのに、やつの頬はかすかに赤かった。

「わたしの宿泊しているビジネスホテルは北口の先にあります。方向がいっしょなのです。それに……」

この男といると感覚がおかしくなってくる。あまりに立派な日本語のせいかもしれない。

「それに、なんだよ」

「マコトのおうちのかたにも、ご挨拶をしておこうと思いまして。二階のお住まいには、お母さまがいるんですよね」

今度はさすがに寒気がした。うちのおふくろのどこがお母さまなんだ。

「リン、おまえはもうちょっと日本語を崩す方法を覚えたほうがいい。そんなにていねいな言葉ばかりつかってると、この街では誰からも信用されなくなるぞ。だいたいおまえの本心がおれにはぜんぜんわかんない」

リンは真剣に考える顔になった。

「わかりました。マコトのように話すやりかたを、今度勉強してみます」

「ああ、それがいい」


おふくろもおれも夜更かしだった。もっとも毎晩十一時すぎまで店を開けているのだから、そいつも無理ない。散々働いたあとで、風呂にはいってすぐに寝られるものじゃない。神経が張っているからな。

閉じたシャッターわきの階段をのぼっていく。おれは玄関で声を張った。

「おふくろ、ただいま。ちょっと客がきてるんだ。なぜか、挨拶がしたいんだとさ」

派手なピンクのジャージで風呂あがりのおふくろが顔をだした。狭い玄関は三人の人間で混雑。リンは黒いブリーフケースから、なにかとりだした。頭をさげ両手でさしだす。

「お口にあわないかもしれませんが、どうぞ。わたしは今回マコトさんにお仕事をお願いしている林高泰ともうします」

虎屋の羊羹《ようかん》だった。おふくろの好物だ。なんて抜け目のない男。おふくろはさっとリンの様子を観察してから相好《そうごう》を崩した。

「どうせなら、ちょっとあがってお茶でもしていきなさいな」

だから、おれはしりあいをおふくろに紹介するのが嫌なのだ。いつも面倒なことになる。おふくろが羊羹を手にダイニングキッチンに消えると、おれはリンにささやいた。

「さっさと帰れ。ああなると、うちのおふくろは長いんだ」

リンはおれを無視して、黒いひもつきの革靴を脱いだ。

「さあ、リンさん、早く。遠慮せずにどうぞ」

「はい、失礼します」

とんでもない研修生アドバイザー。おれはしかたなく、端正な黒いスーツの背中についていった。

六畳のダイニングで、おれとリンはテーブルにむかった。おふくろはこんなときには、コーヒーミルで豆を挽《ひ》いてドリップでコーヒーをいれてくれる。砂糖は精製まえの茶色い小石みたいなやつ。スコッチのあとの甘いコーヒーってうまいよな。

「挨拶だけして、さっさと帰れよ。おれ、疲れてるから」

最初にそう釘を打ったのがまずかったのかもしれない。おふくろはおれを冷ややかな目で見てから、リンに微笑んだ。闘志まんまん。

「この子のことはいいから、ゆっくりしていきなさい」

いかれた女だった。おれは壁の時計を指さした。

「もう夜中の十二時をまわってんだぞ。リンにも明日がある」

ぎろりとおれをにらんで、おふくろがいった。

「明日なら誰にでもあるんだよ。あんたは居候《いそうろう》なんだから黙ってな」

リンはにこにことおれたちを見て笑っていた。

「そういうやりとりは江戸っ子だからですか。落語みたいですね」

なんだか調子の狂うやつ。コーヒーを上品にするとリンはいった。

「わたしは中国で母を早くに亡くしているので、お母さまとそうやって冗談をいいあえるマコトがうらやましいです」

初耳だった。おれはそのとき大切なことをきいていなかったのに気づいた。

「そういえば、リンはどうやって日本国籍をとったんだ。日本人の女と結婚したのか」

これくらい日本語ができてイケメンなら、すぐに若い女のひとりくらい落とせそうだった。リンはゆっくりと首を振った。

「わたしはまだ独身です。その話は長くなるんですが、かまいませんか」

驚いたことにリンはすこし甘えるような視線で、おれのおふくろを見た。

「かまわないよ。まだ宵の口でしょう」

おふくろまで調子にのっている。なんて長い夜。


リンの話は驚くべき内容。それは中国奥地の寒村で生まれた優秀な少年が、どうやって日本国籍を得るかという大冒険の物語だった。

「わたしが生まれたのは河南省にある貧しい村でした。わが家はそのあたりでは普通の農家でしたが、父の年収は日本円にして三万円ほどです。そのうちの二割を税金として納めていました」

ため息がでそうになった。手元に残る現金は月に二千円。いくら物価が安くても、ぎりぎりの生活だろう。おれが目を丸くしていると、リンはかすかに笑った。

「農家の収入は現金が半分で、残りは農作物です。手にはいる現金の半分は納税にあてられることになります」

さすがのおふくろも驚いていた。

「なんだか江戸時代の農村の話みたい。お代官さまと生かさず殺さずのお百姓さんだね、まるで。

一揆は起きないのかい」

　ひと月に家族が千円で暮らさなければならないのだ。中国の内陸部ではそれが今もあたりまえなのだろうか。気が遠くなるような話。

「わたしたちの村には集団農場がよっつありました。ひとつの農場には約四千人の若者が働いています。うちの送りだし組合の管轄区に、そうした農場は六カ所ありました。あわせて二万五千人の若者が働いていています。日本にいけば三年間で、二百万円ためられる。二万五千人のすべてが、研修生として日本にわたることを夢見ていました」

　とてつもない経済格差が、どんな情熱や夢を生みだすのか。ある国の最低賃金は、別な国ではプロスポーツ選手の年俸に等しい。

「わたしの村では研修生を送りだした家だけが、鉄筋コンクリートの屋敷に住んでいました。わたしも幼いころから、日本語の勉強を欠かしませんでした。すこしでも面接でいい印象を残したかったですから。日本のものなら手にはいる限りの本を読みました。芥川龍之介の『蜘蛛《くも》の糸』、あの糸は日本いきの航空チケットそのものに思えたものです」

　リンの底しれぬ落ち着きは、そんな生活から生まれてきたのだろうか。

「その面接に合格して、日本にこられるのは何人くらいだ」

　黒いスーツの男はかすかに胸を張ったようだった。

「わたしの年で二十人」

「二万五千人のうちの二十人か……」

　気の遠くなるような数字だ。おふくろが驚きの声をあげた。

「すごいのねえ、リンさんは。うちのマコトとは出来が違うと思った」

おれは生まれてから試験や選抜や面接でうまくいったことがないけれど、まったく余計なお世話。

「わたしが働いていた工場は、川崎市にありました。四時間おきにコンビニに配達される弁当をつくる工場です。シフトは一日四交代。そのうちのふたつをとることになります。働いているのは研修生だけでした。仕事は厳しかったけれど、それは覚悟のうえです。問題は工場の現場監督でした。日本人の中年男です。タニグチ、今も名前は忘れません。仕事中でも酒をのみ、わたしたちを理由もなくなぐったりした」

リンの手がテーブルのうえで、ぎゅっとにぎり締められた。

「研修生はほかの仕事に就くことも、逃げることもできない。それがわかっていたので、監督は好き放題わたしたちに暴言暴力をふるいました。逃走しようか、あの監督を殺してやろうかと、何度も仲間と話しあったものです」

勇気づけるようにおれはいった。

「だけど、あんたは郭のように逃げたりはしなかった」

「ええ、お母さんがいましたから」

おふくろがおかしな顔をした。

「中国のお母さんは亡くなったのよね」

リンは笑ってうなずいた。

「はい。あれは日本にきて半年ほどのことです。工場のとなりにあるアパートに住んでいるひとり暮らしのお年寄りとわたしは親しく話をさせてもらうようになりました。研修生のおかれている状況に同情してくれ、ときにお菓子をくれたり、お茶をのませてくれた。お母さんがいなければ、わたしはなにをしていたかわからない。人の頭をなぐるのは、中国ではたいへんな屈辱です」

「なるほどね」

外見ではほとんどわからないけれど、日本人と中国人のあいだには当然文化ギャップがある。

「おれはまだリンに失礼なことはしてないよな」

リンはうなずくと、コーヒーをひと口のんだ。

「マコトはだいじょうぶ。研修もあと一年というところで、工場で仲間が右手の中指の先を切断するという事故が発生しました。工場も組合も責任をとろうとしない。労災認定もむずかしい。誰かが日本の当局に訴えなければならない。日本語の得意なわたしが選ばれました。ですが、そんなことをすれば、工場を首になるかもしれないし、中国に送り返されるかもしれない。ある日の休み時間に、わたしはお母さんのところにお別れをいいにいきました。もう会えないかもしれない。わたしとしてはまだ日本にいたいし、名残惜しいけれど。わたしはそのとき初めて、そのお年寄りのことをお母さんと呼びました。中国に帰っても、あなたはわたしのお母さんです。いつかまた会いにきますからと」

おふくろがうんうんとうなずいていた。家族ものの映画や芝居に、でたらめに弱いのだ。

「そうかい、リンさんは偉かったねえ」

「すると奇跡がおきたのです。お母さんがいきなりいってきました。あなたが日本に住み続けるにはなにが必要なのかと」

おれにもようやく道筋が見えてきた。研修生が日本人になるには、日本国籍をとるしかない。日本人と結婚するか、養子縁組をするか。おれはいった。

「それでリンはその日本人を、ほんもののお母さんにした」

「はい、わたしはお母さんの籍にはいりました。それで、工場の人間はわたしに手だしができなくなった。日本の役所の対応は素早く的確でした。労災は認められ、工場の安全対策も早急にとられました。現場監督さえ研修生をなぐることはなくなりました。わたしは無事三年間の契約期間を勤めあげ、今度は組合のために働くことになりました」

そうして今の研修生アドバイザーのリンが、日本にいる。

「人との出会いは、ほんとうにわからないものです。わたしたちは日々新しい人と出会い、そこでよいものや悪いものを交換する。今回の郭順貴の事件が、関係者みんなにとってよい結末を迎えるように、わたしは全力を尽くすつもりです」

中国の不思議なアドバイザーか。おれはすこしまぶしい思いで、さして年齢の変わらない男を眺めていた。


「ちょっと待ってくれる。その日本のお母さんとは、リンさんは今どうしているの」

リンはにこりとおふくろに笑顔をむけた。韓流や華流のアイドル好きなら、ばたりとその場に倒れそうなスマイルだ。

「お母さんはお母さんです。仕事のないときは、今も川崎のアパートでいっしょに暮らしていますよ。ただ……」

リンが言葉を濁すなんてめずらしかった。ＮＨＫアナウンサーが原稿をとちるようなものだ。

「ただ、なんだよ」

「お母さんは去年、脳梗塞《のうこうそく》を起こして今は寝たきりです。介護ヘルパーや通院の費用を考えると、いくら国の介護保険があっても、毎月たいへんな金額になります。わたしは父との約束で、中国にも仕送りをしなければなりませんから、経済的にはいつもぎりぎりです」

おふくろはじっとイケメンのアドバイザーを見つめた。

「そうかい、わかった。リンさんはしっかりがんばんなさい。ちょっと待って」

ばたばたと階段をおりて、店にいってしまう。すぐに商売ものを人にもたせるのは、年寄りの悪い癖だ。おれは小声でいった。

「リンはうちのおふくろに気にいられたみたいだ。下手したらメロンの段ボール箱ひとつ、みやげにもたされるぞ」

アドバイザーはおちゃめに目を見開いてみせた。

「そのメロンはひとついくらくらいするのですか」

「さあ、三千円くらいかな」

ため息をつくと、リンはいう。

「わが家の三カ月分の生活費と同じです」

さっきのんだ三十八年もののスコッチなら、ひと家族が何年暮らせるのだろうか。もうおれは考えるのをやめにした。おれなんかの雑な頭では、貨幣の価値なんて手に負えるはずがないのだ。

まあ、そいつは世界中の経済学者にとっても同じかもしれない。そうでなければ、氷山にぶちあたったタイタニックのように、ほんの三カ月で世界経済が沈没するはずがない。

リンが帰ってから、おれは自分の四畳半で天井を見あげていた。

働くこととその報酬の関係について考えていたのだ。正社員と非正規の派遣社員のあいだには格差がある。こいつはもう誰もがしっている社会的トピック。だがそのしたには、さらに外国人労働者の集団がいるという。労働条件にも時給にも、おまけに仕事のイケテル度にも果てしない格差があるのだった。

よくメジャーリーグの中継なんかで、アナウンサーがいってるよな。ニューヨーク・ヤンキースのスーパースターの年俸が二十二億円。一打席あたりの報酬は、初球を引っかけたあの冴えないぼてぼてのショートゴロでも三百万円弱なのだ。

スーパースターの締りのないワンスイングと研修生が生きるたのしみをすべて封印して三年間でためる金額が、ほぼ同じ。なにかが間違っている気がしたけれど、おれにはどこに間違いがあるのか、まったく指摘できなかった。

労働と報酬の関係は、永遠の謎である。

翌日はまたも春のぽかぽか陽気。

この調子なら、サクラの開花もずいぶん早まりそうだ。池袋の街も、いつものように静かなものだった。すくなくとも、表面上はね。

だが、春の裏側では事件にならない事件が立て続けに起きて、ストリートは戒厳令だった。リンが仕かけた東龍襲撃が二件発生したのである。

一件目の現場は、西口にある中国系インターネットカフェ華陽大網だった。地下からあがる階段の踊り場で、みかじめ料を回収したばかりの東龍のメンバーふたりが、黒い目だし帽で顔を隠した五人組に襲撃された。

高電圧のスタンガンで倒されたところを、特殊警棒で滅多打ちにされたという。おれはレクサスのなかできいたスパーク音を思いだした。ドラゴンの刺繍がはいったスタジャンのふたりは病院送りになったが、当然警察には届出をしていない。誤って階段から転げ落ちたと医者にはいい張ったそうだ。まあ、そんなときだけ警察に頼るわけにもいかないから、そいつも当然だけどな。

もう一件はその三十分後、北口の駅前にある喫茶店、伯爵のまえの歩道上で発生した。緊急の連絡網がまわされたのだろう。東龍のボス楊の片腕だという残留孤児三世をふくむ四人の男は十分に警戒していたはずだ。だが、やつらが店からでたところに二台の車が横づけした。

おりてきたのは八人の黒い目だし帽。今回はスタンガンはなしで、特殊警棒に木刀とメリケンサックが加わっている。滅多打ちにされた男たちは、またも病院で事故だといい張った。歩道に飛び散った誰かの血の跡は、すぐに洗い流され、池袋の街はなにごともなかったかのようなにぎわいをとりもどしている。

まあ、事件ではない事件だから、そいつはあたりまえ。

透明であるという点では、研修生も池袋の襲撃事件もよく似ている。ただそいつはいくらなかった振りをしても、実際に存在するのだ。おれたちが毎日吸っている煤《すす》くさい東京の空気のようにね。

襲撃事件の一報をきいて、おれは店先からサルに電話をかけた。やつの声は、春のウエストゲートパークのようにほがらか。

「よう、マコトか。今日は実に気分がいいな」

羽沢組の本部長代行は上機嫌だった。

「そいつはそっちのほうが、倒した人数が多かったからか」

サルはしらばっくれてみせた。

「あの事件じゃない事件の話か。まあ東龍をこの街から掃除するんだ。よりきれいにしたほうが、やっぱ勝ちだろう」

四人病院送りにしたのがじまんなのだろう。

「そいつはもういいよ、おれには無関係《メイクワンシー》」

メイクワンシーとリンに習った中国語でいってやった。

「なんだ、そいつは。いつからマコトは中国びいきになった」

別にどこの国のひいきでもなかった。おれにはこの街があるだけだ。

「まあ、いい。それより、その後の展開を教えてくれないか。ドラゴンはどうしてる」

サルは愉快そうに短く息を吐いた。笑っているのかもしれない。

「亀みたいに身体を縮めているさ。もっとも、うちと上海でやつらにメッセージを残したから、そいつもあたりまえかな。明日になれば今日の倍病院に送ってやる。先に池袋中の病院に予約しておけってな」

そういうことか。心理戦にかけては、組織暴力団のうえをいく者はいない。襲撃事件から最大の効果を得る。いつもの手はずだった。

「サルのほうはたいへんじゃないのか」

「まあな。おやじと幹部はボディガードを連れて、池袋から離れた。下っ端のやつらには集団で動くようにいってあるさ」

おれがききたいのは、上海グループでも、羽沢組の話でもなかった。

「東龍のバックはどうなってる?」

いくら勢いがあっても、東龍は池袋の中国東北系の一グループにすぎない。問題は杯をかわして傘下にはいった京極会の動きだった。京極会が動けば、池袋は今回とは比較にならない戒厳令下にはいるだろう。

「そちらのほうは、中華街の長老にうちのおやじが話をとおしてある。しばらくはやつらは動くことはない。今ごろ東龍のやつらはあせっているはずだ。いざというときのために保険をかけたのに、そのいざってとき親が自分たちを見殺しにするんだからな。毎月上納金を納めていい面《つら》の皮だ」

わかったといって、おれは通話を切った。この調子なら、このまま戦火が広がる可能性は薄いようだ。東龍が揺れているあいだに、決着をつける必要がある。またリンといっしょに楊と面談しなければならない。

リンはその日の午後も、うちの店にやってきた。上着を脱ぎ、白いシャツの袖をまくって、店の手伝いをする。研修生が働き者だという話はほんとうだった。なにかを指示するまえに、自分で気をきかせてどんどん作業を片づけていくのだ。それは見ていて、なかなか気もちのいい光景だった。おふくろもおおよろこびである。自分の息子にするなら、日本人より中国人のほうがいいなどと、禁じられた民族ジョークをいう。

手が空いたところで、おれはリンに缶コーヒーをわたして、西一番街の歩道にでた。

「これから、どうするんだ」

リンはネクタイの襟元をゆるめて、ガードレールに腰かけていた。

「今、長老をつうじて、楊とのセッティングを急いでいます。まだ先方がどう動くかわかりません」

「だけど、郭という女ひとりの話だろう。やつらにとっては、あの女は安全ピンを抜いた手榴弾みたいなもんだ。一刻でも早く手放したくてしかたないはずだ」

おれをじっと見て、リンはうつむいた。

「そう簡単にいけばいいのですが。まずわたしたち中国人は面子《メンツ》を大切にする。それはときに命よりも大切なものです。揺さぶりに容易に音をあげたという評判は、東龍の傷になる。この街で今後しのいでいくのも困難になるかもしれない。それに、もうひとつ」

なんだか夕方のニュースで、政治問題を解説されているようだった。どこかの新聞の論説委員みたいな男。頭がいいのは便利だろうが、なぜそういうやつは冷たい印象になるのだろう。

「もうひとつってなんだよ」

「それは東龍という組織の収益構造にあります。西口北口に点在する二百店の中国系ショップからのみかじめ料。これが最初の柱。そして不法在留の中国人に仕事を斡旋するハローワークもどきがもう一本の柱なのです。日本のＡＶなんかを中国へ密貿易していますが、それはたいした額ではないときいています」

論説委員どころではなかった。裏の世界の外交官のように、どんなグループの動きもわかっている。底のしれない男。

「郭という女ひとりを守れないようでは、ほかの不法就労の中国人から信用を失います。問題はデリケートです。郭を回収する。ただし、そのときには東龍の面子を立てて、花をもたせてやらなければならない」

リンは春の午後の丸い日ざしのなかで、おれに笑ってみせた。

「そういうことは、上海グループや羽沢組では逆立ちしてもできません。マコトの出番です。さて、わたしたちはどうすればいいのでしょうか」

なんてこった。これではいつもと同じ展開だった。今回のトラブルシューターはおれではなくリンのはずだった。それなのに話がいいところにくると解きようがない難問がおれのところにまわってくる。

まったく池袋の神さまは不公平である。おれはあっけにとられて、リンを見つめていた。やつはＶＴＲが故障したときのニュースキャスターみたいに辛抱強く笑顔を見せている。おれにはなんのアイディアもなかった。

「無関係《メイクワンシー》」

そういってみた。リンは笑顔のまま否定する。

「もうマコトは無関係ではありませんよ」

生きていることは、人間の抱えるすべての問題に関係をもつことなのかもしれない。およそ池袋の街にかかわることで、おれにメイクワンシーな問題は存在しないのだ。

やれやれ。


リンは組合への報告があるといって、しばらくしてうちの店を離れた。おれの携帯が鳴ったのは、夕方の書きいれどきのまえ。携帯の小窓を確かめると、見たことのない番号だった。

「もしもし」

「中国語ではもしもしをウエイというのをしっているか」

驚きのあまり、携帯を落としそうになった。東龍のボス楊峰の渋い声。

「初めてきいた。今度つかってみるよ」

ウエイウエイ、ハローハロー、もしもし。電話が発明されるまえには、ほとんど使用されることのなかった数々の言葉。技術は言葉を変える。

「マコト、おまえに話がある」

いきなり楊がそういった。なんとか態勢を立て直し、おれは返事をした。

「こっちも楊さんに話があったんだ。リンといっしょに会ってもらえないか」

東龍のボスはなにか中国語で叫んだ。意味はわからないが、ののしりの言葉であるのは無神経なおれでもわかった。

「やつはダメだ。マコトひとりでこい。そうでなければ、話はできない。あの男は信用できない」

いったいどうなっているのだろう。わけがわからない。そのときおれの頭にあった言葉は誘拐とか拉致とか、いわくつきの危険なものばかり。

「心配なら、衆人環視のなかで、ふたりきりで会おう。今はこんな状態なので、うちのメンバーがボディガードにはつくが、マコトの安全は保障する。おれの面子《メンツ》にかけてな。場所もそちらが指定していい」

東龍のボスが命よりも大切な面子をかけるという。おれは楊を信用する気になった。

「わかった、じゃあ西口公園の噴水のまえで、三十分後に」

「了解した」

電話は突然切れた。うちの店先では、さくらんぼやメロンやマスカットがかぐわしい香りを放っている。ドラゴンのボスなんて、なんだか夢のなかの話みたい。

おれは家をでるまえに、保険の電話を一本かけておいた。

羽沢組のサルだ。リンにはなにか裏の事情があるのかもしれない。楊の口ぶりで面会は伏せておいたほうがいいだろうと思ったのだ。サルの携帯は残念ながら、留守電だったけれど、おれはメッセージを残しておいた。

「これから三十分後に、ウエストゲートパークで東龍のボス楊峰と話をしてくる。こちらもむこうもひとりの約束だ。なにもないとは思うけど、おれが帰らなかったら、リンに連絡をいれて……」

メッセージの録音時間は、そこで切れてしまった。まあ、おれたちが伝えたいメッセージはいつも尻切れトンボに終わる運命だから、それはしかたない。


高校生や大学生がだらだらと家路にむかい、主婦がスーパーの特売のために血眼《ちまなこ》でとおりすぎる春の公園。ラッシュアワーまえのウエストゲートパークはひどくのんびりしていた。電子制御の噴水は何度も形を変えながら、白く水の柱を噴きあげている。

おれが背中に冷たい汗をかきながら御影石の縁に立っていると、バスターミナルに白いレクサスが停車した。サングラスの男がふたりおりて、周囲に厳しい視線を走らせた。東龍はもう刺繍いりのユニフォームは着ていなかった。そのうちのひとりが、目隠しのされたサイドウインドウにうなずいてみせた。

ドアが開く。クロコダイルの革靴のつま先が見えた。おれには軽自動車くらいの値段がする靴をはく気分は想像もできない。楊だった。昨日と同じダークスーツを着ている。やつは何事もないかのように噴水にむかってきた。おれの背景に目をやっていう。

「ほんとうにひとりできたんだな。なかなかの度胸だ。ほめてやる」

楊は日焼けした顔を、ほんのすこしゆがめた。笑ったのかもしれない。

「そっちだって、約束を守ったじゃないか」

東龍のメンバーはレクサスのあたりに群れて、こちらにやってこようとはしなかった。おれと楊はさしで噴水のまえで対面している。周囲をとりまくのは、ガラスとステンレスの商業ビル群。

「あたりまえだ。おれにも面子というものがある。この街にはそんなものをかけらももたないやつがたくさんいるがな」

苦々しげな顔をした。おれは東北グループの代表に同情した。

「そうだな。うえのほうはしたの組織をぜんぜん守ってくれない」

うなずいて楊がいった。

「高い上納金を払ってるのに、やつらには面子ってものがない。まあ、そんなことはいい。問題はうちに逃げこんできた女のことだ。あの女はうちにとって災いの種になってきた。処置に困っている」

どういうことだろうか。おれには理解できなかった。

「別に逃げた女のひとりくらいどうにでもなるだろう。リンのところに帰すだけでいいんだ」

「事情がいろいろとあってな、簡単にはいかない。うちの中国人相手の就労斡旋ビジネスはしっているだろう」

脱走した研修生への不法就労斡旋。チャイナタウンの裏側の派遣業だ。おれがうなずくと、楊はビジネスマンの顔になった。

「東龍が伸びているのは、きちんと脱走者の面倒を見て、トラブルを回避しているからだ。雇い主へも働き手へも、普通の派遣業よりもずっときめ細かなサービスをしている。信用も高く、評判はいい」

「そいつはよかったな」

ほかにどんな言葉があるだろう。おれたち日本人にはまったく見えないところでおこなわれている非合法のビジネスだ。こいつは法律違反だが、誰も傷つけないという意味では、人類最古のビジネスによく似ている。

「まあ、おれの口からいっても意味がよくわからないだろう」

にやりと笑って、楊はなにかをおれのほうにさしだした。やつのごつい手のなかに、きらきらとピンクの輝きが見える。おれはカードを受けとった。ピンク色の銀箔の名刺には、インターナショナルクラブ、ロータスラウンジ。住所は池袋本町だった。

「その店にいき麗華という女に会って、話をきくといい。店に筋はとおしてある。うちが困っている事情も、きっと理解できるだろう。それから、リンという男に伝えておけ。うちのグループはあの女から手を引く。今からあの女は自由だ。あとは好きなようにしてくれ。それにうちのグループの人間に、もう手をだすなとな。これ以上の出入りが続けば、全面戦争になる」

東龍の自爆も辞さないという険しい表情だった。しっかりとうなずいて、おれはずっと気になっていたことを質問した。

「なあ、なぜ、おれだったんだ。別にリンに電話一本かければそれですむことだろう」

楊は吐き捨てるようにいった。

「マコトはあいつをなんだと思っているんだ。やつはただのアドバイザーなんかじゃない。上海系のグループのスパイもやってる。中国人の裏社会を泳ぎまわり、金によって誰の側にもつく汚い情報屋だ。とてもじゃないが信用できない」

おれはなにも返事ができなかった。今回はなにもしていないようなものだ。すべてのお膳立ては、リンがとりしきっていた。

「もしリンに女の居場所を教えたら、あんたはどうなると思う？」

楊は遠い目をしておれを見た。おれのうしろになにかを見つけたようだ。顔色がわずかだが変わった。

「さあな、組合の依頼を受けたやつらが、あの女を強制的に拉致して、茨城の工場に連れもどすだろう。あの女の意思などかまわずにな。マコト、おまえがどんなふうにあの女をあつかうか、そいつがたのしみだ。おまえのほうがリンよりはずっとましだとおれは信じている」

なぜ、そんなことが簡単にいえるのか。おれは不思議だった。

「どいつもこいつもいかれてる。おれにはその女のことなんて、どうにもできないよ」

「おれも池袋でしのいでいる。金をとらずに、この街の問題を解決しているトラブルシューターの噂はきいている。そいつは面子と自分の正義をなによりも大切にする、中国人みたいな日本人だとな」

東龍のボスにとって、そいつは最大のほめ言葉なのかもしれない。

「わかったよ。全力を尽くすことだけ約束する」

楊はくすりと笑った。

「まあ、あの女がかかってる病気には誰にもなんにもしてやることはできないだろうが」

病気？　なにか伝染病にでも感染しているのだろうか。

「その病気って、重いのか」

楊はおおきな声をあげて笑いだした。通行人がこちらを見ている。

「ああ、重いなんてもんじゃない。親子代々伝染して、死ぬまでやつらを苦しめる。病原菌の名は、貧乏だ」

楊はさっと振りむくと、レクサスに片手をあげた。手下がドアを開き、ボスを待っている。

「マコトの仲間がきたようだ。おれはもういく。いいか、リンには気をつけろ」

東龍のボスは若々しい動きで、レクサスのＲＶにのりこみ、バスターミナルをでていった。おれは白い車を見送り、振りむいた。ウエストゲートパークの東武デパート口から、サルとリンがこちらにやってくるところだった。注意してあたりを見ると、羽沢組の若衆が警戒態勢をとっていた。春ののどかな公園どころか、ここでドンパチが起きてもおかしくはなかったのだ。もっとも将棋をさしているホームレスの誰ひとりそんなことに気づかなかっただろうけど。


サルが苦虫をかみ潰した顔でおれにいった。

「マコト、おまえは何度いっても、ひとりでムチャするな。留守電きいて、あわててうちの組に招集かけたぞ。おまえひとりで動いて、誘拐でもされたらどうすんだ」

おれは楊という男の顔を思いだしてみた。

「あいつはそんなことをするタイプじゃないよ。それより、郭はもう自由だそうだ。東龍はあの女から手を引いた。だから、もう襲撃はやめろと楊はいっていた」

サルはにやりと笑った。

「まあ、そうだろうな。五、六十人しかいない組織で、六人が病院送りになったんだから、当然だな」

リンはサルの勝利宣言にもまったく感情を見せなかった。

「マコト、郭順貴は今どこにいるんですか」

おれはイケメンアドバイザーを観察した。いつものように黒いスーツに、黒いタイ。優秀な役人のような中国人。この男の裏はどうなっているんだろう。

「まだわからない。羽沢組や上海グループとの休戦が確認できたら、連絡をいれるそうだ。リン、工場に査察がはいるまではまだ何日かあるよな」

「ええ、あと五日」

「だったら一日だけでいいから、東龍のやつらに猶予をやってくれ」

リンは表情の読めない顔でうなずいた。

「わかりました。一日ならいいでしょう。マコトはさっき楊からなにかを受けとりましたね。あれはなんですか」

抜け目ない男だった。おれはとっさに嘘をついた。

「楊の名刺だ。緊急時のホットラインの番号がはいっているといっていた」

リンはそれでもあきらめなかった。

「見せてもらえませんか」

おれは首を横に振った。

「そいつはダメだ。やつはリンのことを信用していない。なにか起きた場合の連絡は、おれが直接しろといっていた」

サルは肩をすくめていった。

「こいつはこういう不思議なところが昔からあるんだ。なぜかおおきなもめごとのまわりでちょろちょろしていると思ったら、いつのまにか核心に近いところで切り札をにぎってしまう。マコト、おまえ、ほんとはどっかの国の諜報部員とかじゃないのか」

おれもサルに肩をすくめてみせた。おれはジャック・バウアーじゃない。ただの果物屋の店番。


夜九時すぎに、おれはうちの店をでた。

さすがにこの不景気で、池袋の駅まえでさえ人どおりはすくない。西口のターミナルには空車のタクシーの長い列。おれは何度かでたらめに路地に跳びこみ、あたりを一周して、尾行がついていないか確認した。夜の街で相手が追われているのを意識したら、尾行は極端に困難になる。

それからピンクの名刺の住所をめざした。うちから歩いてほんの五分。その雑居ビルは池袋駅北口から、二百メートルの交差点の角にあった。クラブは四階だった。エレベーターにのりこんで、おれは驚いた。扉が閉まるときに、あの金属音をきいたのだ。このエレベーターは東龍のアジトがあるビルのものと同じだ。こんな近くに楊たちはいたのである。池袋は狭い。


　おれは日本のキャバクラと同じ大箱のクラブを想像していた。だが、黒い革張りの扉を開けると、狭いロビーになっていた。受付にはボウタイの中国人が立っている。ジーンズのおれをつまみだしたげな目でにらんだ。受付のカウンターには、アクリルの小箱がおいてあった。なかには小銭がぎっしり。札も何枚か見える。なにか募金でもしているのだろうか。おれはピンクの名刺を片手でつまんでいった。

「楊さんから紹介されてきた真島誠だ。麗華さんに話をききたい」

　受付の態度が急に変わった。中腰になって、おれを案内してくれる。ここでは楊の名には絶大な威力があった。店のなかはカラオケ屋のように個室が続く造り。おれは不思議に思い、ボーイにきいてみた。

「ここはどういう店なんだ。大箱じゃないんだな」

　男は中国語なまりでいった。

「いえ、普チューのクラブです。大箱だと中国のお客さんはトラブルを起こしやちゅいんです。自分の席についていた女の子が別な客を接待すると、嫉妬してしまうんですね」

　なるほど、同じ東アジアといっても、クラブもさまざまだった。おれがとおされたのは、六畳ほどの個室。壁にはL字型に造りつけの白いソファがおいてある。白い大理石のテーブルに四十二インチの液晶テレビつきカラオケセット。ちょっと豪華なカラオケボックスみたいだ。おれはボーイにミネラルウォーターだけ注文した。

こつこつとドアをたたく音がしたのは、十分後。

「どうぞ」

不安げに顔をのぞかせたのは、白いラメのロングドレスの女。ベアショルダーだから、筋肉質なのがよくわかった。働いている女の肩。顔は香港の映画女優といってもとおりそう。髪をアップにしたうなじが長く美しい。ファンデーションもラメいりできらきら光っていた。

「失礼します」

郭順貴も日本語はしっかりしていた。まあ研修生のあの倍率では、誰もが飛び切り優秀なのも無理はない。すこし距離をおいて、ソファに腰かけたクーにいった。

「おれは真島誠。組合のアドバイザー林高泰に頼まれて、東龍と組合のあいだの仲介をしているんだ。いくつか話をききたいんだけど、いいかな。おれは日本の警察や入管とはなんの関係もないから安心していい」

クーの顔が青ざめていた。もっともジーンズに長袖Tシャツの入管Gメンなどいないから、そちらのほうは最初から問題外だろう。

「まず最初にいっておきたいのは、もうあんたは東龍から自由だということだ。あんたは自分の意思で、どこにでもいける。リンからきいたんだが、ひとりが逃げれば残りの二百人以上もいっしょに強制送還されるんだろう。なぜ、あんたは池袋にきたんだ」

クーは胸を張っている。妙に姿勢がいいのは、貧しい生まれでも誇り高いからかもしれない。

「みんなにはあやまりたいです。けれど、わたしにもここで働かなければならない事情があります。わたしはただ仕事が厳しいとか、給料が安いから逃げたわけではありません」

「じゃあ、なぜ、東龍の誘いにのったんだ」

クーはテーブルのうえにあるミネラルウォーターのグラスをじっと見つめた。しばらくして口を開く。

「故郷から手紙が届いたからです。わたしの父の腎臓病がいよいよいけないようだ。助かるにはもう移植手術しかない。わたしはなんとしても、手早く大金をつくらなければなりませんでした。東龍の噂は縫製工場でも有名でした。面倒見がよく、正規の研修生の何倍も稼げる。わたしにはほかに選択肢がありませんでした」

おれは楊の言葉を思いだしていた。伝染する死の病、それは貧乏。

「ちょっと待ってくれ、中国では健康保険とかないのか。年寄りが病気になれば、医療費の大部分は国が面倒見てくれるもんだろ」

クーはわずかに目を見開いておれを見た。驚いたのかもしれない。

「そういう豊かな国は、世界でもわずかです。改革開放後、中国では医療制度は崩壊しました。それまでは無料だったのに、毎回治療費は現金で前払いしなければなりません。貧しい農村では、誰も病院にいきません。みな、ぎりぎりまで我慢して、手遅れになるほど悪くなるまでは病院にいかないのです」

昇龍の国の意外な一面だった。それでは医療保険にはいっていなければ、病人も外に放りだされるアメリカの医療現場と変わらない。

「腎臓移植には現金で五百万円必要です。わたしはあの工場で、ミシンを踏んでいるわけにはいかなかった。同胞のみんなにはもうし訳ありません。ですが、逃げたのはなにもわたしがもっと豊かに暮らしたいとか、東京で遊びたいとかいう理由ではありません。ここの仕事も若い女性が決して望むようなものではないのです」

ただ酒の相手をするだけで、短期に五百万も稼ぎだすのは困難なことだろう。客に声をかけられれば、そのあとホテルにもつきあう。ここは高給な連れだしクラブなのだ。

「そうだったのか」

どうしたらいいのか、まるでわからなくなった。クーを工場にもどせば、クーの父親は腎臓病で死ぬ。クーをもどせなければ、二百四十九人が強制送還される。それぞれの研修生の家庭にはクーと同じような事情があるかもしれない。そのときおれはカウンターにおいてあった募金箱を思いだした。

「もしかして、入口にあった募金って、クーのおやじさんの移植費用のためなのか」

クーははずかしげにうなずいた。

「そこまでしてくれなくてもいいといったのですが、スタッフも店の女の子もわたしがかわいそうだといって、募金を始めてくれたんです。このクラブだけでなく、池袋の中華街で募金活動が広がっているとききました」

なるほど、不法就労の斡旋を事業の柱にする東龍が、クーを手放したがらない訳だった。圧力に負けてこの女を追い払えば、楊の面子が潰れるだけでなく、収益部門の評判に傷がつく。とことん困っている逃亡者を見殺しにするんだからな。

おれがリンに嘘をついて稼いだ猶予はたった一日。明日中になんとかできるような問題ではなかった。中国の中原《ちゆうげん》・河南省からきた女と同じように、おれも進退きわまってしまった。こんなときには、どんななぐさめの言葉もきかないだろう。おれは単純に事実だけを伝えた。

「茨城の工場に五日後に査察がはいる。あんたが消えたことが判明したら、全員が中国へ送還されるだろうし、あんたの捜索が始まるだろう。おれはあんたに父親を見殺しにしろとはいえない。だが、同時に不法就労を続けるのが、いい方法だとも思えない。あと一日だけゆとりがあるんだ。ゆっくりは無理だが、自分で考えて結論をだしてくれないか。この店のことは、まだ組合にもリンにもしらせていないんだ」

おれはそれだけ伝えて、連絡先を書いたメモを残し、クラブを離れた。


おれはその夜、不安を誘う『中国の不思議な役人』を、繰り返しきいた。きっと三度腹を刺されても死なないのは、人間ではないのだと思った。貧しさ、それも絶対的な貧困というやつこそ不死身なのだろう。クーのような若い女が世界の果てまで逃げても、貧しさはきっと追いかけてくる。

現金収入が月に千円しかない農村で、子どもや老人が病気にかかったところを想像した。ちょっとした病気で入院すれば、年収の二、三倍分の借金を背負うことだろう。人生は楽じゃないし、そこではほんのわずかな免疫の差が一生を左右する。

おれは窓を開け、春の夜の風を部屋に招いた。気分は最悪だが、それでも夜風は甘くてやわらかだ。この時間も工場で夜勤をしている研修生や北口のラブホテルで身体を売っているかもしれないクーのことを思った。おれはラクチンな布団のなかに寝そべり、世界の問題に頭を悩ませている。だが、夜明けが近づくに連れて、おれの思考はスローになり、いつのまにか眠りこけてしまった。結局のところ、おれたちには目のまえにあることしか見えない。苦悩でも、安楽でもね。それがおれたちの救いで、同時に呪いなのかもしれない。


つぎの日の昼まえだった。

店番をしているおれの携帯には、またも見慣れぬ番号の着信。楊だろうか。店の奥から歩道にまわり、電話にでた。

「ウエイ」

くすりと笑う女の声が耳元で鳴った。

「もしもし真島誠さんですか。こちらクーですが、昨日はたいへんお世話になりました」

おれはこの街で数々のトラブルにまきこまれた女たちの面倒をみてきたが、こうした基本的な挨拶ができたのはこの中国人だけだった。

「いや、こちらこそ、しんどい話をしてすまなかった」

ほんのわずかだが、沈黙が続いた。西一番街のカラータイルの歩道を、高校生のカップルが手をつないで歩いていた。父親の移植手術のために身体を売るクーも、年齢はさして変わらないはずだ。

「あの、一日ゆとりがあるといっていましたよね。だったら、真島さん、今日だけつきあってもらえませんか」

「なにをするんだ」

クーが電話のむこうでため息をついた。

「わたしはこれから一生、池袋の街にもどってくることはできないでしょう。さよならをいうまえに、この街を見ておきたいのです。すみませんが、真島さん、案内してくれないでしょうか」

「わかった。真島さんでなく、マコトでいいよ」

この街を離れるということは、クーが工場に帰るということだった。クーは同胞のために父親をあきらめたのだろうか。おれはそれ以上なにもききたくなかったので、できるだけ明るい声をだした。

「待ちあわせは、うちの店でいいか。昨日わたしたメモに、へたくそな地図があっただろ。クラブから歩いても四、五分だ」

「わかりました。すぐにこちらをでます、十五分後に」

通話を切ってから、おれはあわてて二階のおふくろに声をかけた。


夜のドレスではひどく大人びて見えたクーも、昼間の格好では年相応だった。デニムのミニスカートに、長袖のカットソーとタンクトップを重ね着している。ピンクとオレンジの組みあわせは、ひどくポップで、どこか日本的ではなかった。

クーはおふくろを見ると、おれの顔を見た。頭をさげていう。

「マコトさんのお姉さんですか。わたしはクーシュンクイ、今日は一日だけ弟さんをお借りします」

気もち悪いな、こいつはうちのおふくろだといおうとしたら、敵がレーザービームのような視線で、おれを射貫《いぬ》いた。あまりの恐ろしさになにもいえなくなる。おふくろがにこやかにいった。

「こんなやつでよかったら、いくらでも貸しますよ。せいぜいたのしんできてください」

おふくろはそこでおれのほうにむき直って、また怖い顔をした。

「マコト、こんなにかわいいお嬢さんに失礼するんじゃないよ。ちゃんとエスコートしてきな」

おれは思い切り皮肉な笑顔で返事をした。

「わかってるよ、姉さん」

クーといっしょに店をでる。おれたちの背中にむかって老けた姉が叫んだ。

「帰りもうちに寄っていきなよ、クーちゃん」

「はい、わかりました」

振りむいて、ていねいに頭をさげる。確かにクーは日本では絶滅したタイプかもしれない。


おれたちはあてもなく、ぶらぶらと池袋駅西口にむかって歩いた。

「これから、どうする？　なにか見たいものとかあるのか」

おれがそうきくと、クーは軽く首を横に振った。

「いえ、とくにはないです。この街の普通の人がいくようなところにいきたいです」

生涯最後の池袋観光か。ガイドとしてはおれはちょっと頼りないが、それもいいかもしれない。

「ＯＫ。わからないことがあったら、なんでもきいてくれ」

春風が吹いて、街角のソメイヨシノがほんのすこし花をつけていた。枝先だけピンクのペンキに浸《ひた》したようだ。本格的な春は間近だった。それはクーにとっては別れの季節なのかもしれない。だがすくなくとも今日じゃない。

おれは自分の生まれ育った街をしっかり見せてやろうと思った。


最初にいったのは、ウエストゲートパーク。

高校時代からここでどんな悪さをしたのか、物語仕立てにしてたっぷりと話してやった。クーは笑いながらきいている。Ｇボーイズってなんでしょうか。そういう人たちは集団農場で働かないんですか。的外れな質問も大歓迎だった。池袋ではほとんどのガキが毎日ぶらぶら遊んでいるといったら、クーは目を丸くしていた。

つぎにいったのは、東武と西武のデパート。世界中から集められた美しい品々を手にとり、クーはため息をつく。値札を見ると爆発物にでもふれたように手を引いた。そこで売られている欧州の高級ブランドの中国原産シルクのシャツ一枚で、貧しい農村なら何家族が一年間暮らせることだろうか。

おれたちはグリーン大通りを散策しながら、サンシャインシティにむかった。アルパの噴水のまえでアイスクリームをたべ、日本の若い女むけのブティックのあまりに露出の激しい服に笑ってしまった。マネキンの誰もかれも、黒人のソウルディーバか、百ドルで身体を売るストリートガールのような着こなしだ。

それからおれたちは高速エレベーターにのり、サンシャイン水族館にいった。水槽のなかには貧しさも豊かさもしらない魚がたくさん。人はなぜ魚のようにただ今の瞬間だけを生きられないのだろうか。クーはよちよちと歩くペンギンを見て、一匹ほしいといった。おれは水族館の売店で、一番ちいさなペンギンのぬいぐるみをプレゼントする。

最後はサンシャイン60の展望台だった。ここには地元の人間はめったにこない。東京タワーの足元で暮らしていると、タワーにのぼらないのと同じだ。

そのころには夕日がさして、眼下に広がる東京中のビルで、西側の面だけオレンジに輝いていた。クーはガラス窓の手すりに腰かけて、池袋の街を眺めていた。

「こんなにたくさんの建物があって、ぴかぴかの新車が走っていて、病気になってもお金を心配しないで病院にいける。女の子はみんなかわいいし、男の子もやさしそうでおしゃれ。マコトさんは素敵なところに生まれたね」

この街の裏通りで転げまわるように育って、そんなふうにいわれたのは初めてだった。池袋は誰もがあこがれるような場所ではぜんぜんない。だが、クーの夢を壊すのは気がすすまなかった。

「そうかもしれないな」

豊かさは魚に水が見えないように、東京の人間には見えないのかもしれない。

「今日はとてもたのしかった。マコトさん、どうもありがとう。わたしは明日、リンさんといっしょに工場に帰ることにします。お父さんのことはとてもつらいけど……」

クーは言葉をのみこんで、開かない窓のほうをむいた。涙が両目ににじんだが、研修生は意志の力で抑えこんでしまう。この女ならどんなに過酷な勤務でもだいじょうぶだろう。人の三倍働き、文句もいわないという楊の言葉をまた思いだした。

「お父さんも納得してくれると思います。うちには父だけでなく弟や妹もいますから、あの子たちの教育費も必要です。あの子たちの将来のためなら、父もきっと納得してくれるはずです。この国の法律はきちんと守らなければいけませんし」

おれには言葉はなかった。クーが悩み抜いて自分でくだした決断だ。うなずいていった。

「そうか、わかった。よく決心したな。うちに帰って、おふ……姉貴の手料理でもくっていけよ。見た目は悪いけど、日本の家庭料理もなかなかうまいぞ」


高速エレベーターのなかで、マナーモードにした携帯が震えだした。せっかくの「池袋の休日」を邪魔するなんて無粋なやつだ。ディスプレイを確認するとサルだった。エレベーターホールに到着してから、かけ直す。

「ウエイ」

また覚えたての中国語をつかった。となりでクーが笑っている。

「マコトか、なにいってんだ。ふざけてるんじゃない。おまえの店がたいへんなことになってるぞ」

うちの店？　いったいなんだろうか。最初におれの頭に浮かんだのは、昼火事。サルがおれの頬を張るようにいった。

「店のまわりを上海グループのやつらが張ってる。おまえ、いったいなにしてるんだ」

河南省からきた姫をエスコートして池袋見物をしているとはいえなかった。

「クーが見つかったんだ。リンは組合のお目つけ役だけでなく、上海グループの情報屋もやっている。おれの動きを読んで、先手を打ったのかもしれない」

だが、それでおれの仕事はおしまいのはずだった。クーを連れて家に帰り、おふくろの晩飯をくわせてから、リンに引きわたす。おれにできることは今回なにもなかった。サルが舌打ちした。

「そうか、どうもくえないやつだと思ってはいた。あのリンとかいう男、どこかおまえに似ていたからな」

東龍のボスからも、羽沢組のホープからもほめられる。春の椿事だ。


おれたちがサンシャインまえでタクシーにのったのは、春の空がうっすらと暗くなり始めた六時すぎ。店のまえに堂々と車を横づけして、おれが先におりた。リンは上着を脱いで、うちの店の手伝いをしていた。歩道のすこし離れたところには、ふたりひと組の中国系マフィアがあわせて四グループ。誰もうちから逃げられないように張り番をしていた。そんなつもりもないのにご苦労なことだ。

「リン、彼女は工場にもどるってさ。最後にうちのおふくろの晩飯をくわせたいんだが、一時間ばかり時間をくれないか」

リンはなにを考えているのかわからない顔でうなずいた。おれはおふくろに声をかけた。

「そういうわけで、四人分の晩飯、腕によりをかけてつくってくれないか。買いだしなら、おれがいってくるから」

おふくろはおれを見て、歩道にたまっている上海グループの男たちに目をやった。

「そうかい、その子はあいつらのところに帰らなくちゃいけないのかい。わかったよ、だったら、うんとご馳走してあげる」

キップがいいという点では、うちの年老いた姉はやはり最高だ。


食卓にならんだのは、ハクサイと豚ロースの鍋に、マグロの胡麻醬油漬け、甘い玉子焼きに、山菜の天ぷらだった。おふくろはさすがに江戸っ子で、商いの最中だがさっさと店のシャッターをおろしてしまった。

二階のダイニングキッチンで、リンとクー、おれとおふくろの四人でテーブルをかこんだ。いつもふたりだけでくっているので、その夜はやけににぎやかに感じた。兄弟がいるというのは、こんな感じなのかもしれない。

「さあ、あんたたちは若いんだから、たっぷりおたべ」

おふくろはひとりで発泡酒を開けてのんでいる。つくっているあいだに味見をしたので、腹がいっぱいなんだそうだ。おれとリンとクーは、どんどん夕食を片づけていった。悲しい気分はあったけど、いつも事件がこんな形の夕食で終わるなら、無料のトラブルシューターも悪くないと思った。

　たのしい晩飯もほとんど終わりに近づいたとき、おふくろが急にいった。

「それで、クーちゃん、あんたはいったいなんに困ってるんだい？」

　酔っ払った年寄りは話が長くなりそうだ。だが、この時間が引き延ばされるなら、おれは大歓迎。不安げにおれを見るクーにうなずいていった。

「うちのおふくろなら、心配ない。すべて話して、いいよ」


　クーは明るい笑顔をたもったまま、それからの二十分で今回のトラブルの顛末《てんまつ》を語った。中原の貧しいいなかの話から、おとなりの国の改革開放の激変まで、ＮＨＫの大河ドラマより雄大なストーリーを物語ったのだ。

　さすがのおふくろも、クーの父親の腎臓移植の話では涙ぐんでいた。二百四十九人の同胞の強制送還と父親の命。どちらの端にも重すぎるウエイトをのせた秤《はかり》だった。最後におふくろはいった。

「そうかい、あんたは明日、時給二百七十円の工場に帰るのかい」

　クーはもう沈んではいなかった。誰にせよ自分の運命を受けとめたやつは強いよな。逃げた女の表情にはあの隠せない輝きがのぞいていた。おふくろはリンを軽くにらんで、首を横に振った。

「リンちゃん、あんたはほんとに策士だね。マコトなんていくらこの街でちやほやされても、まだまだガキだってよくわかったよ」

なにをいっているのだろうか。おれには意味不明だが、リンもおふくろもおたがいにちゃんと理解しているようだった。

「だけど、こうしてクーちゃんの心意気を見せつけられたら、あんたの策にのるしかないよねえ」

リンはテーブルに額がつくほど、深々と頭をさげた。散々苦労したおれでなく、おふくろのほうにあやまる。なんだ、それ？

「もうし訳ありません。ですが、ひとつの選択肢として考えてはいましたが、決して最初からそんな無理なお願いをするつもりはなかったんです。クーさんが工場にもどる。残念ですが、最悪の場合はそれでやむを得ないと思っていました」

リンはやけに真剣だった。クーとおれには話がぜんぜん見えない。

「いったいふたりでなにを話してるんだ」

おれは久々に間抜けな質問をしてしまった。おふくろはにやりと笑っていった。

「クーちゃんの問題は、最初から国籍なんだよ。リンちゃんのように日本国籍がとれれば、なんの問題もなくなる。強制送還もないし、自由にこの街で働くこともできる」

そのときようやく鈍いおれも気がついた。

「おふくろ、クーを養子にするのか」

クーも驚いた顔をしていた。

「ああ、クーちゃんがいいというならね。それにわたしはさっきから、この子の手を見ていたんだ」

おれはあらためてクーの手を見た。男のようにごつごつしていて、爪は分厚く、短く切ってある。それは生まれてからずっと働いてきた人間の手だった。

「チャンスをあげれば、この手ならきっとよく働くだろう。クーちゃんのお父さんを見殺しにもできないしね。どうだい、クーちゃん、あんた、書類のうえだけでもマコトの妹になってみないかね。うちはたいして金もちじゃないけど、こんな晩飯くらいならいつでもくわせてやるよ」

クーが胸に手をあて、息をのんだ。正面をむいたまま、ぽとぽと涙を落とす。

「ありがとうございます。そうしてもらえるなら、わたしは一生懸命働いて、父を助けます。日本のお母さんのためにも、できる限りのことをします。わたしはほんとうにこの街にいてもいいんですか」

声をあげて泣きだしたクーを、おふくろも涙目で見つめていた。リンはかすかに頰を赤く染めていたが、まったく表情に変化はない。たいした役者だ。おれはいった。

「リン、そのためにこのまま夜中に押しかけて、おまえの養子縁組の話をしたのか」

イケメン研修生アドバイザーは、軽く目礼してみせた。

「すみません、マコト。クーさんの状況は厳しかったので、どんな条件でも利用しようと思っていたのです。ですが、これほどお母さまとマコトの心があたたかだとは想像もしていませんでした。おふたかたとも、どうもありがとうございます」

長い夕食会は、こうしてお開きになった。

翌日からリンの手によって、クーの真島家への養子縁組の手続きが開始された。その時点で、研修生の契約は解除されるので、もうクーは工場へ帰る必要はなくなった。同時にクーの正式な帰化申請もスタートした。だが、こちらのほうは、誰もがしるとおりそうカンタンにはいかない。外国人が日本人になる道は、ひどく遠いのだ。

あの夜クーとリンが階段をおりて、西一番街の路上にもどったとき、上海グループの男たちは煙のように消えていた。リンとしては、保険をかけておいただけのようだった。最後でクーをとり逃がすわけにはいかないからな。

今ではクーはあの店を辞め、サルに紹介してもらった別な池袋のキャバクラ（今度はもち帰りなしの通常店）で、アルバイトをしている。あの美貌できちんとした日本語を話し、慎ましやかなのだから、転職したばかりで売上がトップスリーにはいったのは、あたりまえの話。なかなか金にはうるさいらしいが、それも愛嬌だ。おれは妹がホステスをしている店ではのみたくないので、そこにはまだ顔をだしていない。

今年の春は、おれとおふくろとクーの三人でウエストゲートパークで花見をした。おふくろの手づくり弁当つきだから、クーはおおよろこび。

風が吹くと、花びらが散る。サクラの花びらは、あんなに薄くて淡いから、風にのって谷をわたり、海峡を越えるという。クーがこの街で見つけた淡いよろこびが、いつか海を越え中国の大平原で実る日がやってくるのだろうか。おれはすこし塩辛いおふくろのお結びを頰張りながら、すごく美人の妹の笑顔を（兄として）微笑ましく見ていた。

サクラはまだ盛りだ。そのうちおふくろ抜きで若い者だけの花見をするのもいいかもしれない。かわいい妹と花見をする。そいつはなにを隠そう、おれのガキのころからの夢なのだ。

初出誌「オール讀物」
キャッチャー・オン・ザ・目白通り　二〇〇八年七月号
家なき者のパレード　二〇〇八年十月号
出会い系サンタクロース　二〇〇九年一月号
ドラゴン・ティアーズ—龍涙　二〇〇九年四月・五月号
＊「ドラゴン・ティアーズ—龍涙」は「龍涙——ドラゴン・ティアーズ」を単行本化にあたり改題しました。

ドラゴン・ティアーズ——龍涙《りゅうるい》
池袋《いけぶくろ》ウエストゲートパークⅨ

2009年8月10日　第1刷

著　者　石田衣良《いしだいら》
発行者　庄野音比古
発行所　株式会社　文藝春秋
東京都千代田区紀尾井町3-23
郵便番号　102-8008
電話（03）3265－1211
印刷　凸版印刷
製本　加藤製本
定価はカバーに表示してあります

万一、落丁・乱丁の場合は送料当方負担でお取替え致します。
小社製作部宛お送り下さい。

ISBN978-4-16-328350-0

文藝春秋の本

石田衣良の世界

時代と共に歩みつつ、決して古びない。
どんなに悲惨な話でも、登場人物がみな
それぞれの輝きをはなちながら生きている。
世紀末から新世紀にかけて詩情あふれる物語を
綴りつづける稀代のストーリーテラーの
デビュー作以降いまに至る作品の紹介。

写真・杉山拓也

池袋ウエストゲートパーク

西口公園にたむろし喧嘩し犯罪に巻き込まれ——
迷走するハイティーンの青春群像を鋭くえぐった、
オール讀物推理小説新人賞受賞作

単行本・文庫

少年計数機
池袋ウエストゲートパークⅡ

池袋のストリートが今、面白い！
動いてなければ、欲得抜きで楽しまなきゃ何もわからない。
テレビ化でさらに大好評の連作第二弾

単行本・文庫

文藝春秋の本／石田衣良の世界

反自殺クラブ

池袋ウエストゲートパークⅤ

風俗の世界に蹂躙された少女、
悪質な集団自殺サイトの魔の手……
ブクロのトラブルシューター・マコトが、今日も事件解決に奔走！

単行本・文庫

灰色のピーターパン

池袋ウエストゲートパークⅥ

外国人と風俗店を追い出す〝池袋フェニックス計画〟に
巻き込まれたマコト。池袋は安全で清潔な
ネバーランドに生まれ変わるのか!?

単行本・文庫

Gボーイズ冬戦争

池袋ウエストゲートパークⅦ

マコトの盟友にしてストリートギャングの王タカシが危機に！　彼のピンチを救うため、グループの内部抗争の原因究明に乗り出すが

単行本のみ

非正規レジスタンス

池袋ウエストゲートパークⅧ

悪徳人材派遣会社に立ち向かうユニオンのメンバーが次々に襲撃された。格差社会に巣食う悪と渡り合うマコト。人気シリーズ第八弾

単行本のみ

文藝春秋の本／石田衣良の世界

赤・黒《ルージュ・ノワール》　池袋ウエストゲートパーク外伝

小峰が誘われたのはカジノの売上金強奪の狂言強盗。
が、その金を横取りされた。
シリーズでおなじみの面々も登場する男たちの死闘

文庫のみ

うつくしい子ども

十三歳の少年が小学生の女子を絞殺した。
中学二年の兄は、何が弟を駆り立てたのか探り始める。
独りぼっちの〝少年A〟に迫る問題作

単行本・文庫

波のうえの魔術師

得体の知れない老人とプータロー。
珍妙なコンビが某大手銀行株に罠を仕掛けた。
経済に詳しい著者の知識が遺憾なく発揮された傑作

単行本・文庫

アキハバラ＠ＤＥＥＰ

社会からドロップアウトした六人の若者が開発したサーチエンジン「クルーク」。
ネット上で人気を高めていく彼らに巨大企業の毒牙が

単行本・文庫

シューカツ！

水越千晴、鷲田大学三年生。
マスコミを志望する男女七人の仲間達で「シューカツプロジェクト」を発動した。
目標は全員合格、さて結果は

単行本のみ

目覚めよと彼の呼ぶ声がする

いま、最も活き活きと現代を描く作家が恋愛を語り、
スポーツや音楽を楽しみ、憲法論議にも
独特の視点で切り込む刺激的エッセイ集

単行本のみ

あなたと、どこかへ。

吉田修一・角田光代・石田衣良・甘糟りり子
林望・谷村志穂・片岡義男・川上弘美

ここではない、どこかへ——かつての、あるいは今の愛を確かめに
ドライブに出かけるふたり。八人の人気作家による八つの短篇小説

単行本・文庫

あなたに、大切な香りの記憶はありますか？

阿川佐和子・石田衣良・角田光代・熊谷達也
小池真理子・重松清・朱川湊人・髙樹のぶ子

人気作家八人が「記憶の中の忘れがたい香り」をテーマに競作した。
あなたの中のかけがえのない記憶を呼び覚ます贅沢なアンソロジー

単行本のみ